더 뉴 게이트

04. 푸른색의 옛 성지

THE NEW
더 뉴 게이트
GATE

04. 푸른색의 옛 성지

카자나미 시노기 지음
Illustration 마계의 주민
김진환 옮김

라루나

목차

「THE NEW GATE」 세계의 용어에 관해

● **능력치**

LV: 레벨

HP: 히트 포인트

MP: 매직 포인트

STR: 힘

VIT: 체력

DEX: 기술

AGI: 민첩성

INT: 지력

LUC: 운

● **거리·무게**

1세메르 = 1cm

1메르 = 1m

1케메르 = 1km

1구므 = 1g

1케구므 = 1kg

● **화폐**

쥬르(J): 500년 뒤의 게임 세계에서 널리 통용되는 화폐.

제일(G): 게임 시대의 화폐. 쥬르보다 10억 배 이상의 가치가 있다.

쥬르 동화(銅貨) = 100J

쥬르 은화(銀貨) = 쥬르 동화 100닢 = 10,000J

쥬르 금화(金貨) = 쥬르 은화 100닢 = 1,000,000J

쥬르 백금화(白金貨) = 쥬르 금화 100닢 = 100,000,000J

● **주요 종족**

휴먼(인간족): 개체수가 가장 많고 다양한 국가를 이루고 있다.

드래그닐[용인족(龍人族)]: 힘과 생명력이 특히 강하다.

비스트[수인족(獸人族)]: 휴먼에 이어 개체수가 많고 부족마다 특징이 다르다.

로드[마인족(魔人族)]: 전체 능력치가 큰 편차 없이 고르게 높다.

드워프: 손재주가 좋아 무기나 도구 제작이 특기다.

픽시(요정족): 수명이 길고 마법 사용 능력이 뛰어나다. 요정향이라는 독자적인 세계를 구축하고 있다.

엘프: 픽시 다음으로 수명이 길다. 위기 감지 능력이 뛰어나다. 숲에서 살아가는 자가 많다.

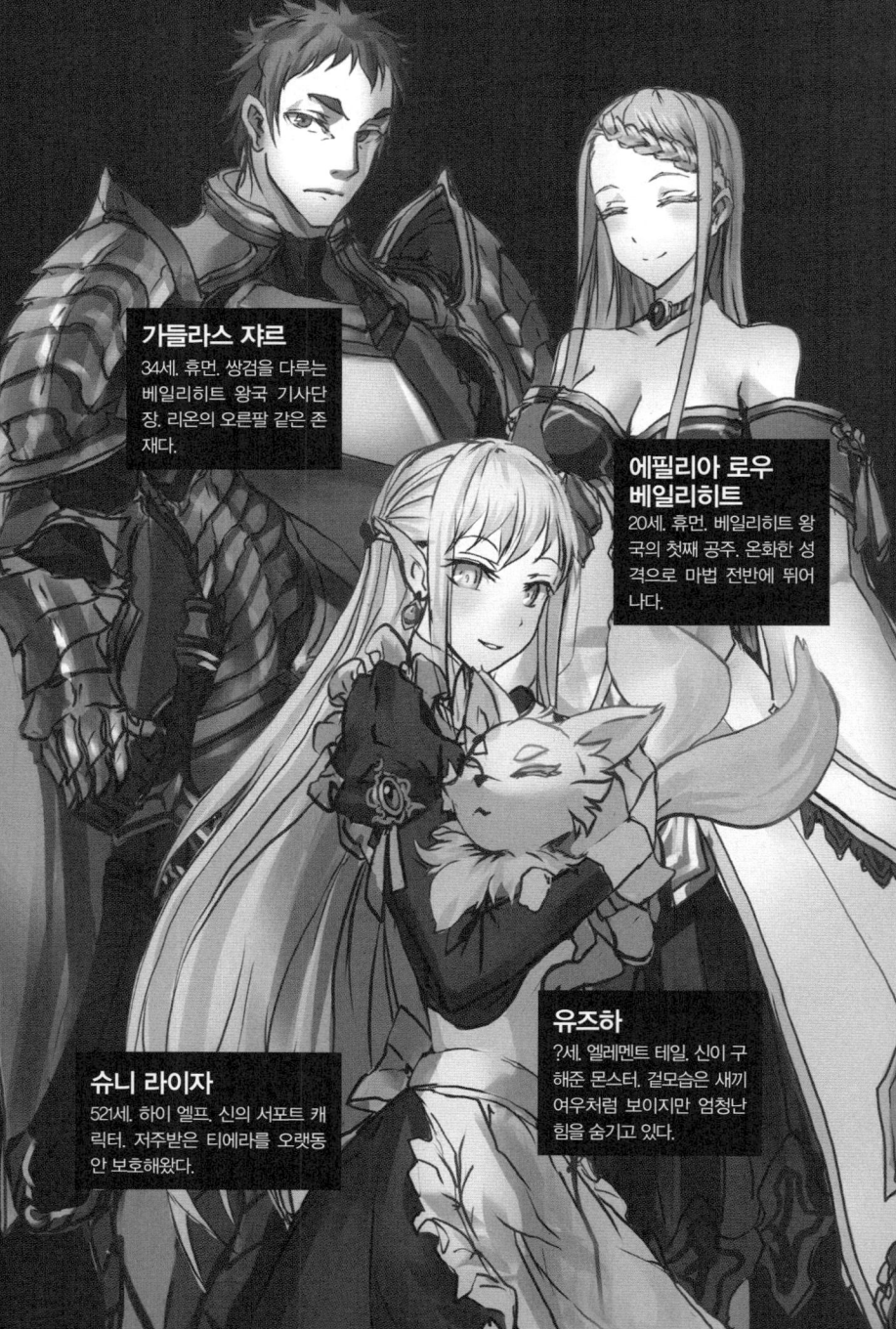

가들라스 쟈르
34세. 휴먼. 쌍검을 다루는 베일리히트 왕국 기사단장. 리온의 오른팔 같은 존재다.

에필리아 로우 베일리히트
20세. 휴먼. 베일리히트 왕국의 첫째 공주. 온화한 성격으로 마법 전반에 뛰어나다.

슈니 라이자
521세. 하이 엘프. 신의 서포트 캐릭터. 저주받은 티에라를 오랫동안 보호해왔다.

유즈하
?세. 엘레멘트 테일. 신이 구해준 몬스터. 겉모습은 새끼 여우처럼 보이지만 엄청난 힘을 숨기고 있다.

카게로우
?세. 그루파지오 · 야데. 티에라와 계약한 몬스터. 진짜 모습은 늑대 형태의 거대한 야수다.

티에라 루센트
157세. 엘프. 「잡화점 달의 사당」의 종업원. 강력한 저주에 걸린 흔적으로 머리카락 대부분이 까맣다.

리온 슈트라일 베일리히트
19세. 휴먼. 베일리히트 왕국의 둘째 공주. 왕국의 최강 전사로 무거운 대검을 자유자재로 다룬다.

신
본작의 주인공. 21세. 하이 휴먼. 온라인 게임에서 이름을 떨친 최강 플레이어. 데스 게임 클리어 후, 500년 뒤의 게임 세계로 차원 이동되었다.

밀림 탐색 | Chapter 1

THE NEW
GATE

게임 시절의 전우이자 3번째 서포트 캐릭터인 하이 비스트 지라트와의 재회. 그리고 이어진 결투와 죽음―.

　그런 지라트의 장례식에 나타난 건 4번째 서포트 캐릭터인 하이 드래그닐 슈바이드였다.

　파르닛드 수연합을 방문한 신은 옛 동료들과 만나고 작별하는 {현실}과 직면했다.

　파르닛드의 수도 에리덴에서 장례식이 거행된 다음 날, 신은 첫 번째 서포트 캐릭터인 하이 엘프 슈니의 안내를 받으며 어떤 장소로 향했다.

　그의 머리 위에는 파트너인 엘레멘트 테일 유즈하가 엎드려 있었다. 앞쪽에서는 현재 수왕인 월프강과 그의 딸인 쿠오레가 걸어가고 있었다. 슈니의 옆에는 엘프인 티에라의 모습도 보였다.

　티에라의 파트너가 된 그루파지오, 즉 카게로우는 【섀도·다이브】라는 몬스터용 스킬을 이용해 티에라의 그림자 속에 숨어든 상태였다.

　지라트의 저택을 나와 15분 정도 걸어갔을 때 2층 건물의 모습이 보였다. 장례식을 찾은 타국 대표와 사신들이 묵기 위한 장소였다.

신이 이곳을 찾아온 것은 물론 슈바이드를 만나기 위해서였다. 아무래도 신 일행이 머물고 있는 저택으로 부를 수는 없었기에 그들이 만나러 가기로 한 것이었다.

"그런데 슈바이드도 지라트처럼 왕을 하고 있는 거야?"

"아니요. 지금은 왕가와 인연을 끊었어요. 하지만 최고 랭크의 모험가로 유명하죠."

슈니의 말에 따르면, 용황국 킬몬트의 초대 용왕이 된 것까지는 지라트와 비슷하지만 나라가 안정된 뒤로는 자유롭게 살아가고 있다.

지금은 킬몬트의 모험가 길드에 소속되어, 성지에서 몬스터들이 뛰쳐나오는 등의 비상사태가 발생하면 일반 모험가들과 함께 싸우고 있었다.

"……그래도 되는 거야?"

"왕가에서도 납득하고 있는 것 같으니 괜찮은 거겠죠. 슈바이드는 국가가 아니라 드래그닐을 중심으로 한 길드에 용병으로 참가하고 있는 것뿐이니까요."

초대 왕으로 즉위한 것도 처음부터 정세가 안정될 때까지의 상징적인 역할이었다고 한다.

지라트처럼 다양한 부족을 통합해서 국가를 만든 것이 아니었기에 승계 작업이 의외로 쉽게 이루어진 것이다.

왕가와 인연을 끊었다는 것도 공식적으로는 그렇다는 의미일 것이다.

"처음부터 임시적인 즉위라고 천명했다고 하니까요."

"그런 걸 국민들이 용케 납득한 거군."

"2대 왕도 슈바이드와 함께 전쟁터에서 싸운 분이라고 해요. 원래는 그분이 초대 왕으로 즉위할 예정이었지만 건국 직전의 마지막 싸움에서 부상을 입었다네요."

"대리 비슷한 역할이었던 건가."

신은 왕의 자리를 그런 식으로 쉽게 대신해도 되나 싶었지만 무언가 사정이 있는 것 같았다.

슈니도 그렇게까지 자세한 부분까지는 몰랐기에 나머지는 당사자를 만나면 직접 물어보기로 했다.

한 가지 덧붙이자면 슈바이드는 이번에 킬몬트의 대표 자격으로 왔다고 한다.

"그건 그렇고 엄청 붐비네."

일행은 곧 목적지에 도착했다. 신은 건물의 혼잡함에 놀라고 말았다.

지라트의 비보를 들고 찾아온 사람이 워낙 많다 보니 건물의 수용량을 초과했다는 걸 신도 알 수 있었다. 파르닛드 측도 이런 부분까지는 미처 대비하지 못한 것이다.

그러고 보니 참례자를 안내하던 사람들이 상당히 지쳐 보였던 것을 신은 떠올렸다.

다른 여관에 묵으면 될 것 같기도 했지만 아마 더 이상 빈방은 없을 것이다. 신이 생각해낼 수 있는 방법이라면 다른 이들이 이미 시도해봤을 테니까.

"초대 수왕님과 전장을 함께 누빈 분들이 워낙 많았고 지금은 각국의 중진이나 장군이 되신 분들도 적지 않습니다. 초대 인원을 최대한 줄이려고 했지만 다들 행동력이 좋다 보니……."

월프강은 피곤한 표정을 지으며 그렇게 말했다.

지라트의 모든 지인을 초대할 수는 없다는 건 그들도 잘 알고 있었던 모양이다. 하지만 예상치 못한 손님들이 끝도 없이 찾아든 것이다.

그들의 행동력은 틀림없이 지라트의 영향일 것이다. 이 때문에 파르닛드 상층부는 골머리를 앓았다고 한다.

"하지만 그중에서도 슈바이드 공은 특별합니다. 오랜 동맹국의 대표이신 만큼 킬몬트의 사신과 함께 여기보다 안쪽에 있는 별관에 숙박하고 있습니다."

역시 슈바이드는 특별 대우를 받는 것 같았다.

월프강을 따라 부지 안쪽으로 나아가자 한눈에도 등급이 높아 보이는 건물이 있었다. VIP 전용이라고 해도 될 만큼 고급스러운 분위기를 풍기는 곳이었다.

초인종을 울리자 집사로 보이는 초로의 남성이 나타났다.

월프강이 용건을 말하자 문이 중후한 소리를 내며 열렸다.

비상 상황일 때 안에서 농성할 수 있게 되어 있는지, 문의 표면은 아다만틴으로 코팅되어 있었다.

"그러면 슈바이드 님을 불러올 테니 여러분은 이쪽에서 기다려주십시오."

집사는 일행을 응접실로 안내한 뒤에 슈바이드를 부르러 갔다.

신은 이미 슈바이드의 존재를 감지했지만 일단은 얌전히 기다리기로 했다.

"저는 킬몬트의 사신과 회담이 잡혀 있어서 이만 실례하겠습니다. 무슨 일이 있으면 쿠오레에게 말씀해주십시오."

집사가 물러나자 월프강도 쿠오레를 남겨두고 밖으로 나갔다.

지라트가 죽은 지금은 월프강이 명실상부한 수왕이었다. 신 일행과 함께 온 것도 공무를 수행하기 위해서였을 것이다.

"이제 와서 말이지만 임금님께 존댓말을 듣는 건 조금 그렇지 않나?"

"아직까지는 우르와 사적인 자리에서만 만났으니까 괜찮겠죠. 저도 많은 왕족들에게 존댓말을 들으니까요."

공식적인 자리에서는 왕다운 태도를 보인다고 한다. 공사 구분은 정확히 하는 모양이었다.

"······뭐, 권력을 따지기 전에 실력 면에서는 상급자가 맞긴 하지."

자국의 이익을 위해 신 일행을 이용하려는 의도가 없어 보이는 건 월프강이 참모가 아닌 무인이기 때문일 것이다. 한편으로는 지라트의 주인에게 실례되는 일은 할 수 없다는 이유도 작용하고 있을지 모른다.

잠시 지나자 슈바이드가 집사와 함께 모습을 드러냈다.

흑요석 같은 비늘과 진홍색 눈동자, 2.5메르의 키가 인상적인 거한이었다. 드래곤을 인간 형태로 만든 외모였기에, 처음 대면한 사람은 약간 두려움을 느낄 수도 있었다.

"으음~ 오랜만이네?"

"넷, 이번 귀환을 진심으로 경하드리옵니다. 소장은 이제부터 다시 주공의 휘하로 들어가 적을 꿰뚫는 창이 되겠습니다."

"······아아, 그러고 보니 이런 녀석이었지······."

재회하자마자 무릎을 꿇고 맹세하는 슈바이드를 보며 신은 머리를 감싸 쥐었다.

슈바이드는 슈니와는 다른 의미에서 성실한 성격으로 설정되어 있었다. 왠지 모르게 연극 같은 말투인 건 메인 직업이 성기사이기 때문이었다.

집사 남성은 슈바이드를 안내하자마자 바로 물러갔기에 다행히 아무에게도 들키지 않았다.

"으음~ 슈니에게도 말했지만, 모처럼 다시 만났으니까 너무 딱딱하게 대하진 말아줬으면 좋겠는데."

"음, 하지만……."

"슈바이드, 신이 그렇게 해달라는 거니까 괜찮아요. 예전과는 다른 상황이니까요."

머뭇거리는 슈바이드를 슈니가 타일렀다.

슈니가 신을 편하게 부르는 걸 본 슈바이드는 '예전과 다르다'는 말의 의미를 이해했다. 다만 슈니에게 왜 강아지 귀와 꼬리가 달려 있는지는 이해하지 못한 것 같았다.

설명하자면 지금 슈니와 티에라는 코스프레 아이템 세트를 이용해 비스트의 모습으로 바뀌어 있었다.

국민들에게 얼굴이 잘 알려진 쿠오레는 슈니의 환영 스킬로 변장한 상태였다.

"……흐음, 알겠소. 그러면 내가 편한 대로 하지. 그러면 되겠소이까?"

"아아, 그렇게 해줘."

무릎을 꿇고 있던 슈바이드는 자리에서 일어나 신의 얼굴을 보며 고개를 끄덕였다. 신이 대답하자 어딘지 모르게 기뻐하는 태도로 오른손을 내밀었다.

"다시 한 번 잘 부탁하오."

"그래."

신도 그의 손을 맞잡았다. 손의 크기가 너무 차이 나다 보니 마치 어른과 아이의 손 같았다.

"자, 언제까지고 서 있을 순 없으니 이제부터는 차라도 마시면서 이야기하지."

슈바이드는 바로 태도를 바꾸며 신 일행에게 자리를 권했다.

"그래……. 이봐, 거기 두 명. 이리 돌아와."

신은 슈바이드가 무릎을 꿇는 순간부터 딱딱하게 굳어 있던 티에라와 쿠오레를 재촉하며 소파에 앉았다.

"어? 아, 응……."

"알겠습니다……."

두 사람은 이쪽 세계의 상식에서 크게 벗어난 상황을 보며 사고가 정지해버린 것 같았다.

슈니와 지라트를 비롯해서 이 정도로 철저한 복종의 의지를 표명한 건 슈바이드가 처음이었기에 놀란 것이리라. 지라트와 슈바이드는 영웅이라 불러도 손색없는 인물들이었다.

준비된 찻주전자로 슈니가 끓여 온 차를 마시며 모두는 한숨을 돌렸다.

"그건 그렇고 오랜만이군. 슈니에게 듣긴 했지만 정말로 돌아왔을 줄이야. 나도 할 수만 있으면 좀 더 빨리 만나러 가고 싶었어."

"너한테도 여러 가지 사정이 있을 거 아냐. 슈니도 그렇고 지라트도 그렇고, 지금의 위치에 따라 해야만 하는 역할이 있었어. 어쩔 수 없었겠지."

신은 이쪽 세계에 와서 슈바이드와 처음 대화를 나누게 되었지만 게임 때의 추억 덕분인지 어느새 오랜 벗처럼 편하게 이야기하고 있었다.

지라트 때도 그랬지만 분명 처음인데도 처음 같지 않은 기묘한 느낌이 들었다.

"죽은 지라트의 얼굴을 보고 대충 짐작은 했지만……. 그래, 지라트는 여한 없이 떠난 거로군. 정말 그 녀석다워."

"마지막까지 『전사』였어, 그 녀석은. 그건 그렇고 이쪽 세계에서의 싸움이 그 정도로 게임과 다를 줄은 몰랐어. 마지막에는 지전(至伝)을 중복으로 발동했을 정도니까."

"크하핫, 그런 짓을 벌였을 줄이야! 이거 나도 질 수 없겠군."

자칫 침울한 분위기로 흘러갈 뻔했지만 신도 이런 이야기를 처음 해보는 건 아니기에 즉시 화제를 전환했다.

슈바이드도 자연스레 호응해준 덕분에 분위기는 밝게 흘러갔다.

훌륭한 최후를 칭찬하는 건 동료로서 당연히 해야 할 일이었다. 그 뒤로는 슈니도 알지 못하는 지라트의 무용담을 슈바이드에게서 전해 듣게 되었다.

"그런데 신. 앞으로는 뭘 할 거지?"

"응? 아아, 일단 파르닛드의 자료 보관소에서 볼 수 있는 자료는 거의 다 조사해봤거든. 다음으로는 킬몬트에 갔다가 그대로 성지를 조사하러 갈 생각이야. 슈바이드도 조금은 조사해보지 않았어?"

"으음, 슈니에게서 들었을지도 모르지만 성지의 중심부에 무엇이 있는지는 아무도 몰라. 숙련된 모험가나 상급 기사들도 상대하기 버거운 몬스터들이 많이 배회하니까 말이지. 킬몬트는 성지에서 발생하는 몬스터의 대규모 침공을 막아야만 하는 위치에 있다 보니 조사 인원을 많이 보낼 수 없거든."

"역시 직접 가서 확인하는 편이 빠른 건가. 슈바이드는 이제부터 어떻게 할 거야? 킬몬트를 중심으로 활동하고 있다고 들었는데."

"모험가 길드에 국경은 없어. 누구와 어딜 가든 모험가의 자유야. 물론 랭크에 따른 제약은 존재하지만 말이지. 나도 일단 킬몬트에 돌아갔다가 너희와 합류하겠어. 모처럼 주인님이 돌아왔는데 내가 가만히 있을 수 있나."

몬스터의 침공에 대비하지 않아도 되나 싶었지만 슈바이드가 없어도 괜찮을 정도의 방비는 되어 있다고 한다.

애초에 그가 없이는 전선을 유지할 수 없는 상황이었다면 슈바이드도 느긋하게 모험가 따윌 하고 있을 수는 없었으리라.

"파티를 맺는 것도 오랜만인데."

"다시 한 번 함께 싸울 수 있게 될 날이 올 줄은 나도 몰랐어."

"동감이야. 그런데 언제 출발할 거지? 남은 조사는 그렇게 오래 걸리지 않을 테고, 하는 김에 길드에서 의뢰라도 수행할까 생각 중인데."

신은 이야기가 나온 김에 앞으로의 예정을 확인하기로 했다.

"미안하지만 따로 이동해야 할 거야. 난 킬몬트의 대표 자격으로 장례식에 참가했지만 명목상으로는 사신으로 온 국왕 대리의 호위거든. 고국에 돌아갈 때까지는 그 일을 우선할 수밖에 없어."

"그렇구나. 개인적으로는 올 수 없었던 거야?"

"이동 문제가 있었거든. 연락을 받은 게 장례식 사흘 전이라 킬몬트의 수도에서 파르닛드까지 금방 올 수가 없었지. 그래서 국가가 보유한 비룡을 빌리는 조건으로 호위 일을 받아들인 거야."

슈바이드는 속도 중시 타입이 아니지만 수치로 따지면 AGI는 700이 넘었다. 전속력으로 이동하면 말 정도는 간단히 따돌릴 수 있었다. 하지만 이번에는 시간이 너무 촉박했기에 비상수단을 사용했다고 한다.

국가가 개인에게 힘을 빌려줄 수는 없었지만 슈바이드에게는 건국에 대한 빚이 있었다. 그래서 사신의 호위 역할을 맡기는 명목으로 비룡을 사용하게 해준 것이다.

많은 실적을 쌓은 SS랭크 모험가 슈바이드는 호위로서 더할 나위 없는 인선이었다.

현재의 용왕으로는 슈바이드의 후임이 여전히 재위하고 있다고 한다. 슈바이드와 지라트의 관계를 잘 알고 있기에 나온 조치였으리라. 신은 제법 센스 있는 왕이라고 생각했다.

"그렇군. 그러면 그쪽에 도착하면 합류하는 것으로 하자. 【심화】를 사용하면 연락할 수 있을 테니까."

"그렇게 해줘."

"그러면 우리는 이만 가볼까. 아아, 그렇지. 이걸 준다는 걸 깜빡할 뻔했네."

할 이야기도 다 끝나고 이제 그만 길드에 가려고 일어섰을 때 신은 문득 생각났다는 듯이 아이템 박스에서 카드 1장을 꺼냈다. 겉면에는 미늘창이 그려져 있었다.

"음, 설마 그건⋯⋯."

"그래, 네 전용 무기인 【지월(止月)】이야. 이 도시에 있는 동안 잘 손질해뒀어. 일단 확인해봐."

신의 말을 들은 슈바이드는 카드를 실체화했다. 다음 순간 슈바이드의 손에는 그의 키보다도 큰 미늘창이 쥐어져 있었다.

체격이 좋은 슈바이드가 사용하는 만큼 자루는 일반적인 미늘창보다 2배는 굵었고 끝의 창 부분만 따져도 60세메르나 되었다. 그 좌우에는 도끼라기보다 외날검에 가까운 긴 칼날이 달려 있었다. 어떻게 보면 트라이덴트(삼지창) 같기도 했다.

지라트의 【붕월】과 마찬가지로 키메라다이트로 만들어졌기에 밤하늘을 무기로 만들어낸 것처럼 검은 표면이 반짝거렸다.

칼날 부분은 에메랄드를 섞은 것처럼 깊고 선명한 녹색으로 장식되었고, 의전용 무기로 써도 손색이 없을 만큼 위엄이 넘쳤다.

"오랜만에 잡아보지만 역시 이게 가장 손에 익숙하군. 훌륭한 완성도야. 다만 내 감각이 틀리지 않는다면 무기에서 느껴지는 힘이 더욱 강해진 것 같군."

"오, 알아보겠어? 실은 지라트와 싸우면서 마력 제어가 꽤 능숙해졌거든. 덕분에 성능이 5할은 올라갔어."

"5할…… 원래 상태에서 성능이 더욱 올라갔다는 건가. 내 주인이지만 무시무시하군."

손에 든 무기에서 전해오는 엄청난 힘—슈바이드는 자기도 모르게 숨을 죽였다.

슈바이드의 기억이 정확하다면 원래 상태에서도 신화급의 중급품 무기를 10번 내리쳐서 부술 수 있을 정도의 위력이 있었다.

거기서 5할만큼의 위력이 더 올라간 것이다. 이제 고대급 무기라는 것만으로는 설명이 되지 않는 수준이었다.

그 말을 들은 티에라는 '아아, 또인가……'라며 먼 곳을 바라보았고, 쿠오레는 '5…… 5할?!'이라고 깜짝 놀라며 말했다. 슈니 혼자 평온함을 유지하고 있었다.

당연히 슈니의【창월】과 신의【진월】외의 무기도 이미 강화된 상태였다.

"뭐, 슈바이드와 슈니는 내게 특별하니까 말이지. 이런 성능의 무기를 시장에 퍼트릴 생각은 없으니까 안심하라고."

"그 말을 들으니 마음이 놓이는군. 지금의 신이라면 희귀급 무기로 전설급의 성능을 낼 테니."

슈바이드는 안도하는 표정으로 고개를 끄덕였다.

신이 마음만 먹으면 희귀급 무기를 하루에 수십 자루씩 만들어낼 수 있었다. 달의 사당에 있는 창고만 개방해도 엄청난 숫자의 무기가 세상에 나올 것이다.

그런 무기가 시장에 대량으로 유통되면 혼란이 일어날 게 뻔했다. 게다가 그런 혼란은 금방 각지로 확산될 것이다. 아무리 신이라도 그런 사태를 일으킬 생각은 없었다.

"지금은 눈에 띄는 행동을 해서 좋을 건 없으니까 말이지."

정말 필요하다면 주저하진 않을 테지만 적어도 지금의 신에게는 무기를 대량으로 팔아치워서 이득 볼 것은 없었다. 돈이 궁한 것도 아니고 연줄 같은 게 필요한 것도 아니었다.

"그러면 이건 고맙게 쓰지."

"아아, 그러면 또 나중에 보자고."

짧은 작별 인사와 함께 신 일행은 건물을 나왔다. 그들이

다음으로 향한 곳은 에리덴에 위치한 모험가 길드였다.

†

모험가 길드에는 국경이 없었고 어느 모험가 길드에서 등록하든 정보가 공유되어 타국에서 다시 등록할 필요가 없었다. 대부분의 나라에는 길드 지부가 존재했고 모험가의 일감이 떨어지는 일은 많지 않았다.

한 국가 안에 독립적인 군사 세력이 존재한다는 건 부자연스럽게 보일 수도 있다.

그러나 기사들로 구성된 상비군이 치안 유지에 아무리 힘써도 영토 내에 존재하는 모든 몬스터를 처리할 수는 없었다.

또한 기사들을 동원하려면 번거로운 과정을 거쳐야만 했다. 길드가 생겨나기 전에는 그 탓에 초동 대처가 늦어져서 민간인 피해가 확대되는 경우도 있었다.

현재는 기사들이 도시의 치안 유지, 타국과의 전쟁, 몬스터의 대규모 침공 등에 대처하고, 모험가들은 기사들이 미처 대응할 수 없는 소규모 몬스터 토벌과 도시의 잡무, 상단 경비를 담당했다.

물론 망령평원에서 벌어진 사건처럼 국가의 존망을 위협하는 사태가 발생하면 서로 협력해서 대처하기로 정해져 있었다.

덧붙이자면 전쟁이 벌어지는 경우는 해당 국가의 길드가 적극적으로 관여하지는 않는다.

모험가가 전쟁에 참가하는 건 어디까지나 개인적인 행동일 뿐, 어떤 결과가 벌어지더라도 길드는 아무 책임도 지지 않는다.

모험가 길드의 입장이 항상 원칙대로 정해지는 건 아니지만 현재로서는 철저히 중립이었다. 그리고 그들의 위치를 견고하게 만들어주는 것이 바로 높은 랭크의 모험가들이었다.

슈바이드를 비롯한 A랭크 이상의 모험가는 상급 기사보다도 강한 전투력을 가진 경우가 많았다. 따라서 섣불리 모험가 길드를 건드렸다간 최악의 경우 도시 제압 부대가 전멸당할 수도 있었다.

또한 국가에 얽매이지 않고 자유롭게 살고 싶다며 기사에서 모험가로 전향하는 괴짜들도 있었다. 그래서 길드의 총전력이 때로는 강대국마저 능가한다는 말까지 나올 정도였다.

길드를 건드렸을 때의 득실을 계산해보면 대부분의 경우는 실이 더 많았다. 위험할 때는 모험가 길드로 도망치라는 말이 있는 걸 보면 과거에 무슨 일이 있었는지 대충 짐작할 수 있었다.

"그건 그렇고 베일리히트의 길드 건물보다도 크군."

"뭐랄까, 거기서 크게 팽창한 느낌인데?"

에리덴의 모험가 길드에 도착한 신이 가장 먼저 느낀 건 건물의 크기였다.

티에라의 말처럼 2층인 건 똑같았지만 건물이 가로로 더 길었고 천장도 베일리히트보다 50세메르는 높았다. 외관이 비슷한 탓에 크게 부풀리거나 사진을 확대한 것 같은 느낌을 주었다.

"비스트 중에는 체격이 큰 사람이 많다 보니 자연스레 건물도 크게 지어졌다고 해요."

두 사람의 의문에 대답해준 사람은 슈니였다.

"저희 비스트는 부족마다 체격 차이가 크기 때문에 입구와 천장은 가장 몸집이 큰 코끼리 타입에 맞춰져 있습니다."

슈니의 설명을 쿠오레가 보충해주었다. 체격이 크면 소지하는 무기도 어쩔 수 없이 커지기 때문에 그에 따른 문제(주로 접촉 사고라고 한다)를 방지하기 위한 조치라고 한다.

신 일행에게는 조금 크게 느껴지는 문을 열고 건물 안으로 들어섰다. 내부 시설도 베일리히트의 길드와 큰 차이는 없었고 접수 데스크와 술집, 의뢰서가 붙은 게시판 등의 배치도 거의 동일했다.

안에 들어온 신 일행을 유심히 바라보는 사람도 몇 명 있었지만, 그들의 시선이 슈니와 티에라에서 몇 초 동안 멈추는 건 당연하다면 당연한 일이었다.

신은 왠지 모르게 자신을 향한 시선이 날카로워지는 걸 느꼈다.

"그러고 보니 아직 완수하지 못한 의뢰가 있었지."

토벌 의뢰 같은 게 없나 싶어 게시판을 살피던 신은 문득 그런 생각이 났다.

의뢰 자체는 아직 완수하지 못했지만 마지막 1포기가 쓸데 없이 비싼 아이템이었기에 결과만 보면 원래 보수보다 훨씬 높은 보상을 얻게 된 채취 의뢰였다.

1포기만 더 찾으면 의뢰를 완수할 수 있었기에 신은 자세한 정보를 확인하기 위해 접수 데스크로 향했다.

"실례합니다. 잠깐 확인하고 싶은 일이 있는데요."

"네, 무슨 용건이십니까?"

신은 치와와 같은 귀가 인상적인 접수 여직원에게 히르크 약초의 채취 의뢰에 관해 질문했다.

"죄송하지만 반복해서 수행할 수 있는 채취 의뢰는 해당 지부에서만 확인이 가능합니다."

접수 여직원의 말에 따르면, 지역마다 아이템의 수요가 각각 다르기 때문에 보수도 다른 경우가 많다. 그래서 그런 종류의 의뢰는 공유되지 않는다.

어쩔 수 없는 일이었기에 신은 일단 현재 랭크에 맞는 토벌 의뢰를 맡기로 했다.

의뢰 내용은 파르닛드 남부 숲에 출몰하는 고블린 토벌이었다. 최소 5마리를 죽여야 했고 그 이상 쓰러뜨릴 경우는 1마리당 동화(銅貨) 50닢이 더해졌다. 토벌 증명 부위는 귀였다.

"이건 비싼 거야, 아니면 싼 거야?"

고블린 1마리당 동화 50닢. 계산해보면 4마리를 쓰러뜨릴 때마다 베일리히트의 『혈웅정』에서 하룻밤을 묵을 수 있는 돈이었다.

"D랭크 의뢰 중에서는 벌이가 좋은 편일 겁니다. 고블린은 기본적으로 집단으로 행동하기 때문에 한꺼번에 쓰러뜨리면 나름대로 많은 돈을 벌 수 있으니까요. 그만큼 위험하기도 하지만요."

보수에 대한 감을 잡지 못하는 신에게 쿠오레가 설명해주었다.

D랭크 모험가는 이제 막 한 사람 몫을 해낼 수 있게 된 단계였다. 이 정도가 되면 레벨도 100을 넘기기 시작한다.

그런 모험가라면 고블린 정도는 제법 쉽게 쓰러뜨릴 수 있을 것이다. 하지만 고블린 같은 하급 몬스터도 집단을 이루면 위험해진다.

【THE NEW GATE】의 고블린은 레벨이 10부터 50까지 제각각이었다. 게임 시절에도 결코 무시할 수 없는 몬스터였다.

전사 타입부터 마법사 타입까지 존재하기 때문에, 랭크가 올라가서 우쭐대던 모험가가 방심하고 덤비다 죽어버리는 경우도 적지 않았다.

파티를 맺고 상대한다면 괜찮을 테지만 혼자서 고블린 집단과 조우하면 D랭크라도 안전하다고 할 수 없었다.

"여기라면 당일치기로 가능할 것 같으니까 이 의뢰로 해야겠네."

눈을 감고도 쓰러뜨릴 수 있는 상대였기에 신은 주저 없이 의뢰서를 들고 접수 데스크로 돌아왔다.

"고블린 토벌이군요. 수속을 진행할 테니 카드를 보여주십시오."

"여기 있습니다."

"……실례지만 1개월 이내에 베일리히트에서 모험가 등록을 한 게 맞으신가요?"

"네? 아, 네. 그런데요."

카드를 받아 든 접수 여직원이 신의 본인 여부를 확인했다.

처음 의뢰를 받을 때 베일리히트의 길드 직원 세리카는 이런 확인을 하지 않았지만, 그건 카드를 발급한 직후였기 때문이었다.

"네, 좋습니다. 의뢰 내용은 파르닛드 남부 숲에 서식하는 고블린 토벌이 맞으십니까?"

"그렇습니다."

"파티 멤버와 함께 수행하시겠습니까? 그러시다면 파티 멤버의 길드 카드도 제출해주십시오."

"알겠습니다. 슈니, 티에라, 잠깐 이리 와줘."

신은 뒤에서 기다리던 두 사람을 불러 사정을 이야기한 뒤 카드를 보여주게 했다. 쿠오레는 파티를 맺지 않았기에 원래 위치에서 대기하고 있었다.

"네, 확인했습니다. 파티명이 등록되어 있지 않은데 이대로 괜찮으십니까?"

파티명은 오랫동안 파티를 맺은 모험가들이 단결력을 강화하거나 멤버 전원의 명성을 드높이기 위해 사용하는 기능이었다.

파티원 중에는 전투보다는 척후 같은 보조 역할에 특화되어 눈에 띄는 공을 세우지 못하는 인원도 있었다. 직접 앞에 나가 싸우는 사람은 명성을 얻기 쉽지만 후방을 담당하는 경우는 주목받기 어려운 것이다.

그 문제를 해결하기 위한 것이 바로 파티명이었다.

파티의 명성이 높아지면 거기 소속되어 있는 것만으로도 주목을 받게 된다.

완전히 공평한 평가를 받는다고는 할 수 없지만 원맨팀이 아닌 이상 파티명을 정해두는 게 이점이 많았다. 하지만 지금의 신 일행은 그럴 필요가 없었다.

"아, 네. 이대로 괜찮습니다."

"알겠습니다. 수속은 이것으로 끝났습니다. 조심해서 다녀오세요."

"감사합니다."

신은 정중하게 응대해준 접수 여직원에게 감사를 표하며 접수 데스크에서 물러났다.

"신 공 정도 되는 분이 고블린을 토벌하는 겁니까?"

돌아온 신에게 쿠오레가 말을 건넸다.

신이 고블린 토벌 의뢰서를 손에 들었을 때는 뭔가 특별한 이유라도 있을 거라 생각하며 아무 말도 꺼내지 않았던 모양이다. 그러나 별로 특별할 것이 없는 의뢰 내용을 보자 의아하게 생각한 것이다.

"내 실력이 어떻든 모험가 랭크는 아직 높지 않으니까 말이지. 이것만큼은 착실히 실적을 쌓아갈 수밖에 없어."

본인이 얼마나 강하든 길드 랭크는 그리 쉽게 올라가지 않는다.

높은 랭크가 되려면 그에 걸맞은 신용과 실적이 필요했다. 전직 기사나 귀족이라 해도 그 사실은 바뀌지 않았다.

전에 세리카가 해준 설명에 따르면, 선정자로 판단된 사람이라도 처음 랭크는 G나 F, 혹은 E가 된다.

"빨리 끝내고 올게. 최소한 C랭크 정도까지는 올려두고 싶거든. 쿠오레는 이제부터 어떻게 할래?"

"저도 동행해도 될까요?"

"상관은 없지만 고블린 토벌인데?"

"괜찮습니다. 제 남은 임무는 얼마나 시간이 걸릴지 몰라서 나중으로 미루는 게 좋을 것 같습니다."

"임무가 뭔데?"

"지난번 결투가 행해진 장소의 조사입니다. 원래 라르아 대삼림에서 전투가 벌어진 뒤에는 숲이 재생되고 있는지 항상 확인하러 갑니다. 이번에는 워낙 규모가 큰 전투였기 때문에 숲의 피해도 심했습니다. 조사 인원을 늘릴 수 있다면 좋을 테지만 라르아 대삼림에 출몰하는 몬스터는 일반 모험가가 상대하기 버겁기 때문에 의뢰를 보내도 좀처럼 맡아주는 사람이 없습니다. 게다가 이번에는 지라트 님과 신 공의 싸움이 있었기 때문에 제가 직접 가게 되었습니다. 강한 자들끼리 싸우면 라르아 대삼림에 자생하지 않는 식물이 갑자기 출현하는 경우도 있으니까요. 이런 조사는 신 공께서 의뢰를 마치고 돌아오는 사이에 끝내기 힘드니 뒤로 미루기로 한 겁니다."

그때 출현하는 식물 중에는 약효가 뛰어난 것들이 많은데 시간이 어느 정도 지나면 시들어버리고 그 뒤로는 자라나지 않는다고 한다.

"그렇군……. 저기, 나도 거기 같이 가봐도 될까?"

"네? 아, 네, 그야 괜찮습니다만."

갑자기 동행하겠다고 말하는 신을 보며 쿠오레는 당혹스러운 표정을 지었다. 숲을 살펴보는 것 말고는 아무것도 없는 임무이기 때문에 신의 말이 의외였던 것 같았다.

"갑자기 가겠다고 해서 미안해. 나도 일단은 싸웠던 당사자니까 현장을 보고 싶어졌거든."

본다고 해서 무언가가 달라지는 건 아니었다. 다만 지난번에는 주변 경관을 전혀 의식하지 않고 싸웠기에 다시 한 번 지라트와 싸운 장소를 확인하고 싶어진 것이다.

"알겠습니다. 슈니 공과 티에라 공은 어떻게 하시겠습니까?"

"저는 달리 할 일도 없으니 두 사람과 동행하겠습니다."

슈니는 즉시 대답했다.

"저기, 나도 갈게. 그때는 숲이 소란스러워서 정령들의 상태도 제대로 알 수 없었으니까."

티에라도 오랜만에 숲에 가고 싶어진 모양이었다.

신 일행은 길드를 나와 에리덴 남문으로 향했다.

성문을 나와 한동안 나아가자 주변에는 인적이 거의 없었다. 신 일행은 목적지가 가까워서 걷고 있지만 사람들 대부분은 마차를 타고 이동하기 때문이었다.

몇 안 되는 행인들도 가도를 따라 이동했기에, 숲으로 향하는 신 일행과는 가는 방향이 달랐다.

"이쪽이야."

몬스터의 기척을 감지한 신이 방향을 바꾸었다. 숲 속에서도 평원과 동일한 속도로 나아갔지만 뒤처지는 인원은 없었다.

엘프인 슈니와 티에라, 비스트인 쿠오레, 몬스터인 유즈하

와 카게로우까지. 숲 속에서 편하게 행동할 수 있는 멤버들만
있었기 때문이다.

야생 동물들은 신 일행이 접근하자 금방 달아났다. 기척을
죽이고 있지 않았기에 위험한 존재라는 걸 알아차린 것 같았
다.

"―저기 있어."

신은 【천리안】과 【투시】를 함께 사용해서 숲 속을 이동하는
고블린 집단을 발견해냈다.

키는 140세메르 정도였고 피부는 녹색이었다. 휴먼과 비교
하면 머리가 2배는 컸고 얼굴 생김새는 추악했다.

손에는 낡은 쇼트 소드나 단검 같은 무기를 들고 있었다.
레벨은 20대가 5마리고 1마리만 31이었다. 나무 방패를 들고
있는 걸 보면 가장 레벨이 높은 개체가 리더인 것 같았다.

쿠오레도 협력해준다고 했기에 일행은 각자 1마리씩 쓰러
뜨리기로 하고 접근하기 시작했다.

그들은 모든 고블린이 사정거리에 들어온 것을 확인하고
나서 각자의 무기를 꺼냈다.

신과 슈니는 투척용 단검, 티에라와 쿠오레는 활, 유즈하와
카게로우는 발톱과 이빨이었다.

티에라와 쿠오레가 활시위를 당기는 것에 맞춰서 신과 슈
니는 단검을 든 손을 어깨 위로 들어 올렸다.

유즈하와 카게로우는 소리를 죽이고 접근한 뒤 들키지 않도록 숨어 있었다.

"······지금."

신의 목소리와 함께 단검과 화살이 숲 속을 가로질렀다.

신과 슈니가 던진 단검이 앞에서 걸어가던 고블린 2마리의 머리를 관통했고 거기에 동요할 틈도 없이 뒤의 2마리를 화살이 꿰뚫었다.

나머지 2마리는 유즈하와 카게로우의 발톱에 목이 날아갔다.

당연하다면 당연한 일이지만 상황은 순식간에 종료되었다. 토벌 증명용으로 귀를 잘라낸 뒤 천 주머니에 넣어 신의 아이템 박스에 수납했다.

이것은 도시에서 쇼핑을 할 때 알게 된 사실인데, 이번처럼 여러 개의 아이템을 한 곳에 모으면 하나의 아이템으로 수납할 수 있었다. 물론 카드화도 가능했다.

단, 카드를 실체화해서 따로 떨어뜨려놓으면 개별적으로 카드로 만들 수는 없었다.

"이걸로 의뢰는 완수했군. 그러면 라르아 대삼림으로 가볼까."

이동 시간을 포함해도 의뢰 완료까지 1시간 반 정도밖에 지나지 않았기에 라르아 대삼림에 갈 시간은 충분했다.

"알겠습니다. 그러면 그렇게 하죠. 이대로 숲을 가로질러도

되고 일단 가도가 있는 곳까지 돌아갈 수도 있는데, 어떻게 하시겠습니까?"

"쿠오레는 숲 속이 익숙할 테고 다른 사람들도 특별히 힘들 어하진 않을 거야. 가로지르는 게 좋지 않을까?"

"쿠우!"

유즈하가 찬성한다는 듯이 크게 울었다. 카게로우도 티에 라 옆에서 마찬가지로 울음소리를 냈다.

†

신 일행은 1시간쯤 걸려 남쪽 숲을 통과해 일단 평원으로 나왔다. 그곳에서 마차를 꺼내 가도를 나아간 지 30분. 쿠오 레가 카게로우의 속도에 놀란 것 말고는 특별한 일 없이 일행 은 라르아 대삼림에 도착했다.

그들은 지난번 슈니 일행이 신과 지라트와의 싸움을 관전 했던 언덕에서 마차를 내렸다.

"굉장한데. 그렇게나 요란하게 날려버렸는데도 거의 멀쩡 해 보이네."

언덕 위에 서서 숲을 바라본 신은 파괴된 흔적이 보이지 않 는 것에 놀랐다.

지라트와의 싸움에서는【낙포파(落砲波)】같은 수많은 기술들 이 나무들을 쓰러뜨렸다.

싸움의 여파로 튀어 오른 큰 나무나 바위가 무사하던 나무들에 부딪치면서 피해가 확대되던 모습은 신도 얼핏 기억이 났다.

하지만 지금 신의 눈에는 이렇다 할 흔적이 보이지 않았다.

"얼핏 보기엔 싸움이 시작되기 전과 식물 생태가 달라지진 않은 것 같네요. 원래대로 재생되었다기보다는 식물들이 급성장해서 흔적을 덮어버렸다고 하는 게 정확하겠죠."

"그렇군요. 자세히 보면 곳곳에 어린 나무들도 보이고요."

슈니가 숲의 상태를 설명하자 티에라도 같은 의견이었는지 '저쪽이 원래 있던 숲이고 저쪽은 새로 성장한 곳이야'라고 신에게 말해주었다.

"역시 숲의 민족인가. 아쉽지만 난 알려줘도 모른다고."

신은 티에라가 가리킨 방향을 유심히 바라보았지만 결국 차이점을 구분해내지는 못했다. 애초에 크기 차이 외에는 어린 나무와 오래된 나무를 구분할 방법이 없었다.

"슈니 공과 티에라 공은 역시 대단하십니다. 저는 차이를 알 수 있게 되기까지 10년 정도가 걸렸습니다."

"숲에 관한 감각은 엘프와 픽시가 유난히 예민하니까 어쩔 수 없겠죠. 구분할 수 있다는 것만으로도 대단한 거예요."

슈니는 미소를 지으며 쿠오레를 칭찬했다. 예전에 그녀가 직접 구별 방법을 가르쳐주었다고 한다. 쿠오레가 그걸 제대로 익힌 걸 보자 기쁜 모양이었다.

"감사합니다!"

쿠오레도 미소로 화답했다. 그리고 기뻐서 견딜 수 없다는 듯이 꼬리가 좌우로 크게 흔들렸다.

"그래서 이제 어떻게 하면 돼? 조사를 한다고 했지?"

구체적으로 어떤 방법인지는 몰랐기에 신은 쿠오레에게 물어보았다.

재생된 구역의 넓이를 고려하면 조사하는 데 상당한 수고가 필요했다.

"재생된 나무들을 확인하고 그 주위에 부자연스러운 식물 생태가 발생하지 않았는지 조사해야 합니다. 모든 것을 보고 돌아다니는 건 아무래도 불가능하기 때문에 대략적으로 범위를 나누고 그중에서 몇몇 지점을 고르는 겁니다."

쿠오레는 그렇게 말하며 품에서 카드 한 장을 꺼내 실체화했다.

그녀의 손에 나타난 건 라르아 대삼림의 지도였다. 표식이 될 만한 큰 나무와 특이한 나무 등이 그려져 있었다.

"표식이 되는 나무를 중심으로 숲을 구분하겠습니다. 이런 나무들은 재생 뒤에도 변하지 않기 때문에 어렵지 않게 알아볼 수 있을 겁니다."

일반적인 모험가들이었다면 이때 숲 속에 너무 깊이 들어가지 말라고 주의했을 테지만, 신 일행이라면 그런 걱정을 할 필요는 없었다.

"······같이 오자고 해놓고서 이런 말 하긴 뭣하지만, 난 전혀 도움이 안 될 것 같군."

재생된 나무와 원래 있던 나무를 신이 구별할 수 있을 리가 없었다. 티에라가 가르쳐주었는데도 전혀 알아보지 못했으니까 말이다.

"그러면 티에라와 함께 가는 게 어떨까요? 눈에 띄는 식물이 있다면 티에라가 채취하게 하고, 그걸 신이 아이템 박스에 넣어두면 효율적일 텐데요."

미안해하며 고개를 숙이는 신을 보며 슈니가 제안했다.

"······그게 좋겠네요. 저와 슈니 공은 아이템 박스를 사용할 수 있으니 최적의 조합이라고 할 수 있겠습니다."

쿠오레도 고개를 끄덕였다.

신으로서는 그 정도밖에 도움이 안 될 것 같았기에 동의할 수밖에 없었다. 아이템 박스를 사용할 수 있는 최고의 짐꾼인 셈이었다.

그리고 방금 들어서 알게 된 사실이지만 쿠오레도 아이템 박스를 사용할 수 있다고 한다. 방금 품에서 꺼낸 것처럼 보였던 카드도 사실은 아이템 박스를 통해 꺼낸 모양이었다.

그러고 보니 예전에 티에라가 아이템 박스는 대부분 왕족이나 장로들이 갖고 있다고 말한 적이 있었다.

쿠오레는 수왕의 딸, 즉 왕족이었다. 지라트의 직계 자손으로 능력까지 이어받았다면 아이템 박스를 사용할 수 있는 게 당연했다.

"그러면 세 팀으로 나누죠. 혹시나 해서 물어보는 건데, 지금까지 엉뚱한 식물이 출현하는 것 외에 다른 변화가 일어난 적은 있었나요?"

슈니는 채취할 때 주의할 점이 있나 싶어 쿠오레에게 질문했다.

"지금까지 확인된 바로는 그런 경우는 없었습니다. 사실 자생하지 않는 식물이 발견된 것도 과거에 딱 2번 있었습니다. 상당히 강한 힘을 가진 사람들끼리 결투를 벌였을 때의 일이었습니다. 첫 번째로는 드래그닐과 비스트의 싸움 뒤에『어가초(御伽草)』가, 두 번째로는 로드와 엘프의 싸움 뒤에『환몽초(幻夢草)』가 발견되었다는 기록이 있습니다. 양쪽 모두 여러 곳에서 발견되었기에 이번에도 뭔가 있으면 분명 찾아낼 수 있을 겁니다."

다만 생겨난 식물이 더 번식하거나 그대로 남아 있는 경우는 없었다고 한다. 일시적인 현상인 것 같았다.

"담당 구역은 어떻게 할래? 3등분하면 되려나?"

신은 지도 위로 원을 3개 그리듯 손가락을 움직였다.

쿠오레가 말한 것처럼 라르아 대삼림 전체를 조사하는 건 적은 인원으로는 도저히 불가능했기에 조사할 범위를 어느 정도 좁혀야만 했다.

지도에 정확히 그려 넣은 것은 아니지만 신의 손짓을 본 모두는 대략적인 범위를 이해했다.

"여러분은 라르아 대삼림이 익숙하지 않으실 테니 제 담당 구역을 늘려도 괜찮습니다."

쿠오레가 그렇게 말하자 슈니가 고개를 가로저었다.

"저도 이런 종류의 조사를 의뢰받은 적이 있어서 이대로 해도 괜찮아요. 오히려 티에라와 신의 담당 범위를 줄이고 저와 쿠오레가 많이 맡는 게 좋겠죠. 식물을 구별할 수 있다고는 하지만 티에라도 이런 의뢰를 수행해본 적은 없으니까요. 우리보다 많은 시간이 걸릴 거예요."

"그렇겠네요……. 그렇게 해주시면 다행이겠어요."

슈니의 제안을 듣고 티에라가 고개를 끄덕거렸다. 티에라는 100년 가까이 숲에 들어서지 못했다. 엘프이기는 해도 공백기를 감안해야 했다.

게다가 함께 가는 사람은 신이었다. 슈니는 초심자가 1명 따라가는 것만으로도 작업이 늦어질 거라고 생각했다. 그와 동시에 티에라의 감각을 되찾기 위한 훈련의 의미도 있었다.

한편 엘프라면 식물을 직감적으로 구별할 수 있다고 말하는 슈니와 티에라를 보며, 동행하겠다고 나선 자신이 가장 쓸모없다는 걸 깨달은 신은 다시 한 번 어깨를 축 늘어뜨렸다.

"방해만 돼서 미안하군……."

"내가 구분하는 방법을 가르쳐줄게."

티에라는 신의 어깨를 위로하듯이 토닥여주었다.

"괜찮습니다, 신 공. 저도 처음에는 뭐가 다른지 몰랐으니까요."

쿠오레는 비스트의 몸으로 젊은 나이에 숲의 변화를 예민하게 감지할 수 있는 지식과 경험을 갖추고 있었다. 하지만 그건 오랜 노력의 산물이었다. 처음부터 할 수 있다면 아무도 고생할 필요가 없는 것이다.

"그러면 마지막으로 지도를 복사할게요. 서로 다르게 기억해버리면 곤란하니까요."

슈니는 그렇게 말하며 무계통 스킬 【전사(傳寫)】를 발동했다. 종이에 그려진 문양이나 문자를 그대로 베껴내는 스킬이었다.

게임 시절에 플레이어들이 맵 데이터를 공유하기 위해 사용하던 스킬이기도 했다. 신도 그 덕분에 사용법을 알고 있었지만 이럴 때도 쓸 수 있다는 것에 감탄했다.

"그럼 시작해볼까."

빨리 끝나는 쪽이 아직 끝나지 않은 쪽에 합류해서 도와주기로 하고, 작업이 늦어졌을 때의 제한 시간과 합류 지점까지 정해둔 뒤에 일행은 숲 속으로 흩어졌다.

"흠, 재촉하는 것 같아서 미안하지만 어느 쪽이야?"

"좀 더 안으로 들어가야 해. 방법을 가르쳐줄 테니까 실제로 보면서 배워보자."

신은 티에라와 함께 숲 속을 걸어가면서 오래된 나무와 어린 나무를 구분하는 방법이나, 게임에서 아이템으로 인식되지 않았던 화초에 관한 수업을 받았다.

'잡초라는 이름의 풀은 없다'는 말처럼, 신의 눈에는 똑같아 보이는 풀도 각자의 이름이 있고 다양한 꽃을 피우고 열매를 맺으며 살아가는 식물들이었다.

이 세계에서는 그런 화초를 이용한 아이템도 개발되어 있다고 티에라는 설명해주었다. 신도 자신이 가진 기술과 조합하면 뭔가 새로운 일이 가능할지도 모른다는 생각에 조금 가슴이 설렜다.

"신, 이건 어린 나무일까, 아니면 오래된 나무일까?"

"……오래된 나무?"

"틀렸어, 이건 어린 나무야. 그러면 이쪽은?"

"……어린 나무?"

"땡, 오래된 나무야."

"……정말?"

"정말이야."

하지만 티에라의 설명을 이해하는 것과 식물을 판별하는 것은 전혀 다른 차원의 문제였다.

쿠오레조차 10년이 걸렸던 것이다. 초짜인 신이 쉽게 할 수 있을 리가 없었다.

"으으으음……."

신은 티에라의 뒤를 따르듯이 걸었다. 중간에 몇 번이고 똑같은 질문을 받았지만 대부분 틀렸고 어쩌다 한 번씩 맞히는 수준이었다.

눈을 크게 뜨고 살펴봐도 신은 전혀 구별할 수가 없었다.

"역시 그렇게 쉽게 되는 건 아니겠지."

"하이 휴먼에게도 어려운 거야?"

"옛날에는 제작 재료를 【애널라이즈】와 【감정】으로 판별했는데 이런 풀은 단순한 잡초로 취급되었거든."

안도의 표정을 짓는 티에라에게 신은 방금 배운 풀을 손으로 잡아보며 대답했다.

신이 잡은 풀도 제작 재료로 사용할 수는 있었다.

하지만 추가 효과가 전혀 없었고 경우에 따라서는 실패 확률이 높아질 뿐이었다. 굳이 사용하거나 자세히 조사할 이유는 없었다.

"쉽게 구분할 수 있으면 내 체면이 말이 아니겠지. 하지만 내 애널라이즈로는 이 약초의 이름도 보이는데? 이것하고 이 건 이 근처에 나지 않는 식물일 거야."

"뭐라고?"

티에라의 말에 신의 움직임이 멈추었다. 신이 아는 한 아이템을 식별하는 건 감정 스킬이었다. 애널라이즈로는 아무리 확대해도 『풀A』 정도로만 표시되었다.

지금 티에라가 들어 보인 것은 금색초(金色草)와 백징화(白澄花)라는 약초로 각각 포션·Ⅰ(1급 회복약)과 에테르·Ⅰ(1급 마력약)의 재료 중 하나였다. 그냥 복용해도 하급 포션보다는 약효가 훨씬 좋았다.

"나와 지라트의 싸움도 숲에 영향을 끼친 건가……. 그런데 나와 티에라의 애널라이즈는 뭔가 다른 건가? 아니지, 티에라는 분명 내가 건네준 『비전서』를 통해 배웠잖아."

신은 금색초를 아이템 박스에 넣으면서 의문점을 이야기했다.

"모르겠어. 어쨌든 내 애널라이즈로 보이는 건 이름뿐이야. 스승님께 들었는데 감정 스킬을 사용하면 자세한 정보까지 알 수 있다면서? 그런 건 보이지 않아."

티에라의 말처럼 조건이 만족된 상태에서 감정 스킬을 발동하면 아이템의 자세한 효과와 조합 힌트 등이 표시된다. 하지만 티에라에게는 그런 정보는 보이지 않는 것 같았다.

"그런 건가……. 응?"

신은 시험 삼아 근처에 있던 이름 모를 풀을 가만히 들여다보았다. 하지만 역시 아무것도 알 수 없었다. 그때 시야 구석에 뭔가 까만 물질이 보였다.

"이건 흑철(黑鐵)인가?"

땅바닥에 떨어져 있던 건 대장장이들에게 익숙한 제작 재료였다.

상태를 보면 땅속에서 자연스럽게 만들어진 물질이 동물들에 의해 파내졌거나 빗물에 흙이 휩쓸리면서 밖으로 드러난 것 같았다.

"……애널라이즈만 써볼까."

신은 문득 생각난 대로 감정 스킬을 비활성화했다. 그리고 애널라이즈만으로 흑철을 바라보았다.

"……보이네. 응, 보여."

"왜 그래?"

"시험 삼아 애널라이즈만으로 금속 재료를 봤는데 이름까지 알 수 있었어. 전에는 『광석A』나 『철괴A』로만 나왔었는데."

종족 특성이나 직업과 관련이 있을 거라는 신의 예상이 적중했는지, 금속의 경우는 당연한 듯이 이름이 표시되었다.

신에게는 종족 특성은 없었지만 대장장이 스킬을 마스터한 상태였다. 그래서 관련된 아이템의 이름이 보이는 것이리라.

"어떻게 보면 납득이 되네."

"어? 잠깐. 혼자서 뭐가 납득이 된다는 거야?"

신이 혼자서 고개를 끄덕거리자 티에라가 발끈하며 말했다.

"미안, 미안. 아마 드워프도 나하고 똑같이 보일 거라고 생각해. 종족 특성이나 개인이 가진 기술이 애널라이즈에 뭔가 영향을 끼치는 게 아닐까?"

"내가 엘프니까 식물에 관련된 정보가 보이고, 신이 대장장이니까 금속에 관련된 정보가 보인다는 거야?"

"아마도. 아직은 추론에 지나지 않지만 전혀 틀리진 않을 거야."

신은 나중에 슈니와 쿠오레에게도 물어봐야겠다고 생각했
다.

"그건 그렇고, 일단 금색초와 백징화 외에는 특별한 게 없
는 것 같은데?"

"맞아. 그것 말고 눈에 띄는 식물은 없어. 나머지는 파괴된
이후에 되살아난 것뿐이겠지. 신경 쓸 필요는 없어."

티에라의 감은 무뎌지지 않은 것 같았다. 주저 없이 단언하
는 모습에서는 오랫동안 숲에 들어가지 못한 공백기가 전혀
느껴지지 않았다.

금색초와 백징화는 신도 잘 아는 제작 재료였기에 그 뒤의
조사는 빠르게 진행되었다. 신이 채취하는 동안 티에라가 다
른 변화가 없는지를 조사했고 이상이 없으면 즉시 이동했다.

중간에 슈니와 쿠오레가 합류했지만 그 무렵에는 신과 티
에라가 맡은 범위도 거의 끝나 있었다.

조사를 마친 쿠오레가 결과를 보고했다.

"이쪽은 금색초와 백징화를 발견했습니다. 여러분은 어떠
셨습니까?"

"저도 똑같아요. 양도 제법 많았고요."

슈니 쪽도 마찬가지였던 모양이다.

"이쪽도 그래. 양은 그렇게 많지 않았던 것 같지만."

"맞아. 둘 다 한 곳에 대량으로 자라나진 않는 식물이니까."

티에라도 자세히 알고 있었는지 신의 말에 맞장구를 쳤다.

"그런데 조사하고는 상관없는 이야기지만, 너희는 애널라이즈로 미감정 아이템을 조사할 때 직업이나 종족과 관련된 물건의 이름이 보여?"

신은 슈니와 쿠오레에게 궁금했던 점을 확인해보았다.

"저는 활과 단검이라면 감정되지 않은 매직 아이템의 이름이 보였던 적이 있습니다. 아마 가장 오랫동안 사용해온 무기이기 때문인 것 같습니다."

쿠오레는 자신의 단검과 활을 실체화해 보였다. 신의 눈으로 봐도 상당히 잘 손질되었다는 걸 알 수 있었다.

"저는 티에라와 똑같아요. 식물과 관련된 거라면 보이죠. 광석과 금속도 등급이 낮은 물건이라면 조금 보이고요."

광석 쪽의 아이템명이 보이는 건 옛날부터 신의 대장일을 많이 구경했기 때문인 것 같다고 슈니는 말했다.

"게임 시절과는 다른 부분이 점점 보이기 시작하는군."

"저희들도 전부 파악하고 있는 건 아니니까 말이죠."

작게 중얼거린 신에게 슈니가 대답했다.

일행은 그 뒤로 별 탈 없이 에리덴으로 돌아왔다.

이미 저녁에 가까운 시간이었다. 신은 길드에 도착하자 바로 접수 데스크로 향했다.

"의뢰를 완수하고 왔습니다. 확인을 부탁드립니다."

"알겠습니다―. 네, 토벌 부위가 맞습니다. 의뢰를 완수하셨네요. 이 종이를 저기 있는 보수 수령 데스크로 가져가주세요."

고블린의 귀를 확인한 접수 여직원은 무언가를 적은 종이를 내밀었다. 이곳에서는 베일리히트처럼 접수 데스크에서 보수를 지급하지 않는 것 같았다.

"그리고 한 가지 전해드릴 일이 있습니다."

종이를 받아 든 신이 이동하기 전에 접수 여직원이 말했다.

"네, 뭐죠?"

"신 님께 모험가 길드 베일리히트 지부의 길드 마스터 발크스 님의 전언이 와 있습니다."

"전언…… 이라고요?"

"네. 각 지부에 동일한 전언이 전달되었습니다. 문장으로 옮겨 적은 내용은 이와 같습니다."

접수 여직원은 그렇게 말하며 봉투 1장을 건네주었다. 아마도 심화를 통해 전해진 내용을 종이에 적은 것이리라.

"신이라는 이름이 흔하다 보니 동명이인 모험가도 있을 것 같은데요."

"모험가의 신원은 길드 카드를 통해 식별됩니다. 카드에는 각각 고유의 마력 반응이 있기 때문에 그것을 조작하지 않는 이상 다른 누군가와 착각할 일은 없습니다."

"그렇군요. 알겠습니다."

신은 접수 데스크에서 물러나 다른 일행과 합류했다.

"발크스에게서 연락이 온 건가요?"

"그런가 봐."

신은 질문하는 슈니에게 고개를 끄덕여 보이며 봉투를 열었다. 안에는 간단한 용건이 적힌 편지가 들어 있었다.

베일리히트 왕궁에서 신을 호출했으니 가능한 한 빨리 돌아와달라는 내용이었다.

"왕궁에서 왜 신을 찾는 거야?"

"아니, 내가 어떻게 아느냐고."

"뭔가 짚이는 일은 없나요?"

"없어……. 아니, 없지는 않다고 해야 하나?"

어이가 없다는 듯이 말하는 티에라에게 고개를 저어 보이던 신은 이어진 슈니의 말에 무언가를 떠올렸다.

'설마 왕궁으로 날아간 스컬페이스의 검 때문인가?'

사실 그것 말고는 전혀 짐작 가는 바가 없었다.

검과 자신을 연결 지을 만한 정보가 무엇이 있을지 생각하던 신은 길드 직원인 세리카와 엘스에게 대검에 관한 이야기를 했던 기억이 떠올랐다.

그가 강력한 무기를 가진 고레벨 스컬페이스와 교전했다는 게 전해진 것이리라. 호출에 대한 자세한 내용은 적혀 있지 않았기에 나머지는 발크스를 만나 직접 확인할 수밖에 없었다.

"모험가 랭크 올리는 것보다 먼저 이쪽을 정리해둬야 하려나."

아무리 모험가가 자유롭다지만 왕궁의 호출을 쉽게 무시할 수는 없었다.

물론 베일리히트에 밉보이더라도 신 일행에게 당장 돌아오는 불이익은 없었다.

하지만 그렇다고 스스로 문제를 일으켜봐야 좋을 건 없었고, 신은 아직 평범한 모험가로 활동하고 싶었다.

국가의 간섭이 귀찮아지면 하이 휴먼이라는 걸 밝히면 되었다.

하지만 그걸 공개하기에는 신이 이쪽 세계에 대해 모르는 게 너무 많았다. 게임이나 원래 세계의 상식을 토대로 행동하는 건 현재로서는 좋은 방법이라 할 수 없었다.

"저도 함께 갈게요."

"나도."

슈니와 티에라가 당연한 일이라는 듯이 말했다. 쿠오레는 아무래도 동행하기 힘들었기에 여기서 일단 작별하기로 했다.

"으으음……."

"뭐, 그렇게 실망하지 마. 일단 월프강에게 전해줄 게 있어서 그런데 시간이 언제 괜찮을까?"

신은 함께 가고 싶어 하는 표정의 쿠오레를 달래면서 그렇게 물어보았다.

월프강이 바빠 보였기에 조사가 끝난 뒤에 건네주려 했지만 이제는 그럴 수 없게 된 것이다.

"회담이 길어질지도 모르지만 그 뒤에는 서류 결재뿐이라 저택에서 기다리는 게 좋을 것 같습니다. 찾아갔다가 길이 엇갈릴지도 모르니까요."

"알았어."

†

저택에 돌아온 쿠오레가 시녀에게 월프강의 행방을 묻자 이미 방에 돌아와 있다는 대답이 돌아왔다.

"아버님, 잠깐 괜찮으십니까? 신 공이 할 이야기가 있다고 합니다."

"들어오시라고 하거라."

쿠오레가 집무실 문을 노크하며 용건을 말하자 바로 대답이 돌아왔다.

쿠오레가 문을 열자 신 일행이 집무실 안으로 들어섰다. 집무실 내부의 책상과 의자, 책장 같은 가구들은 실용성을 중시한 심플한 디자인이었다.

월프강은 방 안에 놓인 커다란 사무용 책상에 앉아 서류에 사인을 하고 있는 중이었다. 책상 끄트머리에는 아직도 서류가 산더미처럼 쌓여 있었다.

"방해해서 미안하군."

"아닙니다. 이것도 제가 왕으로서 해야 하는 일이지요. 그것보다 제게 용건이 있으시다고요."

"아아, 갑자기 와서 미안하지만 빨리 베일리히트로 돌아가야 해서. 급한 상황이라 바로 출발하려고. 그래서 그 전에 이걸 전해주러 왔어."

"……?! 이, 이건!"

신은 아이템 박스에서 꺼낸 카드를 월프강에게 건넸다.

거기 그려진 그림을 본 월프강은 경악에 찬 표정으로 간신히 목소리를 냈다.

"지라트의【붕월(崩月)】이야. 소유 변경은 이미 해뒀어. 앞으로는 월프강이 원하는 대로 양도할 수 있어."

"결투에서 망가졌다고 들었습니다만."

"붕월을 만든 사람이 나잖아. 마음만 먹으면 다시 만들 수도 있어. 게다가 지라트는 결투가 끝난 뒤에 넘겨주라고 나한테 부탁했거든. 우르라면 이걸 잘못된 일에 사용하진 않을 거라고."

"초대 수왕님이…… 내게……."

월프강은 감격에 겨운 얼굴로 손안의 카드를 바라보았다.

붕월은 파르닛드의 비스트 사이에서 전설적인 무기였다.

그걸 갖게 된다는 것이 어떤 의미인지를 실감하고 있는 것이
리라.

"또 이것도 넘겨주라더군."

신이 월프강에게 건넨 또 한 장의 카드는 【신아(迅牙)】라는
이름을 가진 장갑 형태의 무기였다. 얼마 전 재회할 때까지
신이 지라트에게 맡겨두었던 무기였다.

듣기로는 역대 수왕들은 지라트에게서 신아의 사용을 허락
받아야만 진정한 왕으로 인정받을 수 있었다.

다르게 말하면 아무리 힘이 강하더라도 신아의 사용을 허
락받지 못한 왕은 백성과 신하들에게 인정받지 못하는 셈이
었다.

지라트는 아무리 자기 후손이라도 그에 어울리지 않는 사
람에게는 신아를 건드리지 못하게 했다고 한다. 역대 왕들이
전부 좋은 통치자였던 걸 보면 지라트의 사람 보는 눈이 정확
했다는 증거였다.

"일단 장비해서 이상이 없는지 확인해봐."

"알겠습니다……."

월프강은 고개를 살짝 끄덕이며 카드를 실체화해 양손에
장비했다.

사이즈의 자동 조절 기능도 갖추어져 있었기에 아무 위화
감도 느껴지지 않았다. 월프강은 무기에서 전해지는 힘이 전
에 장비했을 때보다 강해진 것에 놀라고 있었다.

"이건…… 대체……."

"업그레이드해뒀거든. 이런 일을 할 수 있게 된 것도 다 지라트 덕분이야."

"……."

월프강은 다음으로 붕월도 장비해보았다. 그는 신아와는 비교도 되지 않는 힘을 느끼며 몸을 부르르 떨었다.

"이다음에는 우르가 직접 후계자를 골라야 해."

사람 고르는 눈이 정확했던 지라트는 이제 없다. 이제부터는 붕월을 물려받은 자가 그 역할을 맡아야만 했다. 이것 역시 왕의 의무라 할 수 있었다.

"그 의무, 지금 분명하게 이어받았습니다."

월프강은 각오를 굳히듯 힘껏 주먹을 쥐며 고개를 끄덕였다.

신은 그의 강한 눈빛을 보며 파르닛드는 앞으로도 문제없을 거라고 생각했다.

신이 길드에서 호출이 있었다는 걸 말하고 집무실에서 나가려 할 때, 월프강은 그에게 동물의 이빨―아마도 늑대의 이빨 모양의 목걸이를 내밀었다.

이빨의 중심 부분에는 늑대 문장이 새겨져 있었다.

"이건?"

"저희 일족의 문장을 새긴 아이템입니다. 제게 용건이 있으실 때는 이걸 보여주면 바로 연락이 닿을 겁니다."

악용해선 안 된다는 건 말할 것도 없었다. 신은 감사 인사와 함께 받아 들고는 아이템 박스에 넣어두었다.

그리고 신 일행은 처음 올 때 이용한 지하도를 통해 파르닛드 밖으로 빠져나왔다.

쿠오레의 배웅을 받으며 출발한 신 일행은 10분 정도 마차를 달려 주위에 아무도 없다는 것을 확인하고는 마차를 카드로 되돌렸다.

"그러면 빨리 돌아가 볼까."

"전송을 사용하려는 거군요. 달의 사당이 있던 곳으로 날아가는 건가요?"

마차에서 내릴 때 이미 눈치챈 슈니에게 신은 고개를 끄덕여 보이며 결정석을 꺼냈다.

"그래, 다른 곳은 몰라도 그곳만큼은 안전하니까 말이지. 어쨌든 여기서 마차로 돌아가는 건 시간이 너무 오래 걸려."

"그런 사치스러운 소리를……."

차가운 눈빛으로 쳐다보는 티에라의 발언은 깨끗이 무시되었다.

"그럼 가자."

신은 모두가 준비된 것을 확인한 뒤 결정석에 마력을 불어넣었다. 다음 순간에는 주위 풍경이 바뀌면서 달의 사당이 있던 장소에 모두가 도착해 있었다.

신은 전송되자마자 주위에서 여러 개의 반응을 감지해냈다. 하지만 이미 【은폐】 스킬을 사용하고 있었기에 정탐꾼들이 그들을 발견하지는 못한 것 같았다.

『이쪽을 보는 사람이 있어?』

"그래, 역시 아직도 감시자들이 있군. 그것도 한 세력에서 보낸 게 아닌 것 같아."

신은 유즈하의 염화(念話)에 대답하면서 흩어진 감시자들을 살폈다. 배치를 보면 2, 3개 그룹인 것 같았다.

"갑자기 사라졌으니까 달의 사당이 다시 나타날 거라고 생각하는 건지도 모르죠. 건물을 휴대할 수 있다는 사실은 잊혔을 테니까요."

『영광의 낙일』 이전에 태어난 구세대라면 알고 있을 수도 있지만 달의 사당의 주인인 신, 즉 하이 휴먼이 멸종했다고 알려진 만큼 거기까지는 생각이 미치지 못할 수도 있었다.

"슈니는 전리품을 분배하러 갔을 때 뭐라고 대답했어?"

"모르겠다고만 했어요. 그때 달의 사당을 사라지게 할 수 있는 건 신뿐이라는 건 알고 있었지만, 가게와 함께 신까지 사라지면 어쩌나 싶어 내심 불안했어요."

'쓸데없는 걱정이었지만 말이죠'라고 미소와 함께 덧붙인 슈니는 성문을 향해 걸어가기 시작했다.

침울해질 뻔한 분위기가 그녀의 미소 덕분에 밝아졌다.

"그러고 있으면 놓고 갈 거야."

뭐라 대답할지 몰라 가만히 있던 신을 앞지르며 티에라가
말했다.

"아아, 미안……. 아니지, 발크스가 부른 건 나거든."

"왜 멍하니 있는 거야?"

"언제 돌아올지 모르는 사람을 계속 기다리는 심정이 어땠
을지 아무래도 상상이 안 돼서 말이야."

내심 불안했다는 슈니의 말은 신도 이해할 수 있었다. 그
역시 자신에게 소중한 사람들을 쉽게 잊어버릴 수는 없었다.

하지만 기껏해야 20년가량 살아온 신이 500년의 세월을 상
상할 수 있을 리가 없었다. 슈니의 말을 듣고 자신이 그런 입
장이었다면 어땠을지 생각하게 된 것이다.

"무리 아닐까?"

"바로 대답하지 말라고."

티에라에게서 즉시 돌아온 대답은 정말 간결했다.

"엘프하고 휴먼은 시간에 대한 감각이 완전히 다르다고. 수
명부터 얼마나 다른지 알면서 그래. 게다가 스승님은 하이 엘
프니까 나보다도 심하실 거야."

뒤쫓아온 신의 옆에서 걸으며 티에라는 타이르듯이 말했다.

엘프는 장수 종족 중에서도 픽시 다음으로 수명이 길었다.

그렇다 보니 휴먼과 비스트처럼 100년 정도밖에 살지 못하
는 단명 종족과는 『기다림』에 대한 감각이 전혀 다를 수밖에
없었다.

당연하다면 당연한 일이었다. 휴먼의 10년은 긴 시간이지만, 수명이 긴 엘프에게는 휴먼의 1년보다도 짧게 느껴지는 시간이었다. 그래서 장수 종족의 성격이 느긋하다고 알려진 것이다.

"뭐 어때, 기다리고 싶으면 기다리라고 하면 되지."

"그런 건가?"

"그런 거야. 살아가는 이유를 잃어버리는 건, 우리 같은 장수 종족에게 지옥이나 다름없으니까."

불로장생―사람이라면 누구나 꿈꾸는 일이지만 당사자들에게는 다르게 받아들여질 것이다.

"진지하게 생각하다 보면 끝이 없겠군."

"맞아. 굳이 하려면 좀 더 도움이 되는 고민을 해. 네가 갑자기 진지해지면 적응이 안 되니까."

"평소에 대충 살아왔다는 식으로 말하지 말아줄래?"

티에라의 마지막 한마디에 진지해지려던 신의 말투가 바뀌었다.

그들의 앞에서는 슈니가 멈춰 선 채 기다리고 있었다. 신과 티에라는 종종걸음으로 그녀를 따라잡아 걸음을 맞추었다.

"신은 여전히 쓸데없는 상황에서 진지해지네요."

"시끄러워."

두 사람의 대화가 슈니에게도 들린 모양이었다. 놀리듯 말하는 슈니에게 신은 토라진 것처럼 대답했다.

강자의 의무　　Chapter 2

신 일행은 베일리히트 남문에 금방 도착했다.

성문 앞은 여전히 장사진을 이루었지만 전에 왔을 때보다는 나아 보였다.

신은 신분증으로 모험가 카드를 위병에게 보여주고 성문을 통과했다.

지금까지는 몰랐지만 슈니도 의외로 모험가 카드를 갖고 있었다. 빨간색인 걸 보면 C랭크인 것 같았다.

"길드에 가입해 있었던 거야?"

"신분증 대신 갖고 있었어요."

슈니는 발크스에게 부탁해서 발급받았다고 한다. 신분증으로서의 기능밖에 없고 의뢰 같은 것을 맡지 못하는 대신 긴급상황에서 소집되는 의무에서도 벗어난다고 한다.

슈니의 입장을 고려한 특수 조치인 것 같았다.

"저한테 여러모로 신세를 졌었거든요."

신은 만면에 미소를 띠며 말하는 슈니를 보자 모험가 길드의 상층부가 가엾게 느껴졌다.

신 일행은 성안에 들어간 뒤 어디에도 들르지 않고 바로 길드로 향했다.

문을 열고 안으로 들어가자 파르닛드에서 그랬던 것처럼 주위 시선이 슈니와 티에라에게만 집중되었다.

슈니는 파르닛드에서처럼 활동적인 옷차림에 강아지 귀와 꼬리로 남성들의 시선을 고정시켰다. 그리고 그중에는 여성들의 질투 섞인 시선도 종종 섞여 있었다.

미인들을 데리고 있으면 불량배가 꼬이는 게 당연했기에 신은 누군가가 시비를 걸기 전에 재빨리 접수 데스크로 향했다.

"안녕하세요. 길드 마스터가 호출했다는 연락을 받고 왔는데요."

"신 님, 오랜만입니다. 전달해드릴 테니 잠시만 기다려주세요. 시리카, 부탁해."

"네, 네~."

접수 데스크에는 세리카와 시리카 자매가 대기하고 있었다. 세리카의 지시를 받은 시리카가 재빨리 데스크 안쪽으로 사라졌다. 쌍둥이지만 성격이나 행동은 전혀 달랐다.

"혹시 어떤 용건으로 절 불렀는지 아시나요?"

"아니요, 저희에게는 그런 이야기를 해주지 않습니다. 엘스처럼 지위가 높은 사람이라면 모를까요."

"아, 그냥 물어본 거니까 신경 쓰지 마세요."

"사실 신 님이라면 머지않아 불려갈 거라고 생각은 했지만요."

"어, 어째서요?"

"신 님은 평범한 모험가라고 할 수 없으니까요."

"······그렇겠죠."

갑자기 자신보다 랭크가 훨씬 높은 몬스터를 토벌해버리는 엄청난 짓을 저지른 것이다. 평범한 취급을 받을 리는 없었다.

"일행 분들도 전부 아름다운 여성들뿐이고요."

"으, 그야 부정할 수는 없지만······. 아니, 그래도 유즈하는 몬스터잖아요. 아는 모험가가 여성들만 있는 것도 아닌데—."

"어머, 남성하고 이야기하는 건 본 적이 없는데요."

"그렇지 않거든······ 요? 으음, 그렇지, 빌헬름하고 같이 의뢰를 맡은 적도 있었고요."

"앗······."

신이 그렇게 말하자 갑자기 홀이 조용해졌다.

"신 님. 방금 그 말이 사실인가요?"

"정규 의뢰는 아니었지만 사실이긴 하죠. 그런데 왜 다들 입을 다문 거죠?"

신은 자신에게 시선이 집중된 것을 느끼면서 믿을 수 없다는 표정의 세리카에게 질문했다.

"그분은 좀처럼 다른 사람들과 파티를 맺지 않거든요. 전투력은 S랭크로 알려졌지만 여러 가지 소문이 난무하다 보니 다른 분들도 다가가기 어려워하는 것 같아요."

'소문 따윈 믿을 게 못 되지만요'라고 덧붙이며 세리카는 살짝 한숨을 쉬었다. 길드 직원 정도 되면 소문의 진위 여부 정도는 파악하고 있는 건지도 모른다.

"뭐, 오해받기 쉬운 녀석이긴 하죠."

가장 큰 문제는 성격이었다. 주위에 풍기는 분위기 자체가 친해지기 어려워 보이니 말이다.

본인이 의도적으로 그렇게 행동하는 거라, 누군가가 오해를 풀기 위해 노력이라도 하지 않는 이상 소문이 사라질 것 같지는 않았다.

고아원 출신의 다른 모험가들과는 연락하고 지내는 것 같지만, 세리카의 이야기를 들어보면 의뢰를 맡을 때는 혼자일 가능성이 높았다.

"빌헬름 님 본인은 매우 뛰어난 분이지만요."

"그럴 테죠."

파티를 맺고 있지 않다면 위험할 때 믿을 수 있는 건 자신의 실력뿐이었다. 따라서 위험을 감지하고 상대의 역량을 파악하는 기술은 같은 랭크의 모험가들보다 높다고 할 수 있었다.

게다가 빌헬름은 선정자이기도 했기에 능력이 뛰어나다는 건 말할 필요도 없었다.

"신 님, 준비가 됐으니 이쪽으로 와주시겠습니까?"

"알겠습니다. 그럼."

시리카가 돌아왔기에 신은 이야기를 멈추고 발크스의 집무실로 향했다.

슈니와 티에라는 홀에서 기다리기로 했다. 신의 머리 위에 있던 유즈하는 슈니에게 맡겨두었다.

신이 집무실에 들어가자 발크스와 낯선 노인이 소파에 앉아 있었다.

"일단 앉게. 생각보다 빨리 왔군."

"마침 이쪽으로 오는 길이었거든요."

신은 소파에 앉으며 발크스에게 대답했다.

이건 물론 거짓말이었다. 베이룬에서 전언을 받고 왔다면 시간적으로 딱 맞았기에 일단 그렇게 말해두기로 한 것이다.

"재촉해서 미안하군. 아, 이쪽은 길드에서 보석 감정을 담당하는 마법사로, 이름은 알라드라고 하네. 자네가 가져온 스컬페이스의 보석을 감정하기도 했지."

"알라드 로일일세. 잘 부탁함세."

발크스는 신의 말을 의심하지도 않고 알라드를 소개해주었다.

아무리 길드가 각국에 지부를 갖고 있다지만 모험가가 어디서 전언을 받았는지 일일이 확인하려 들지는 않는다. 물론 요주의 인물이라면 이야기가 달라지지만 말이다.

현재 신은 그런 조사가 행해질 만큼 길드의 의혹을 사고 있지는 않았다. 신의 강한 전투력도 선정자라면 납득할 수 있는 수준이었다.

"신이라고 합니다. 잘 부탁드립니다."

나이가 많은 상대였기에 신도 되도록 정중히 대답했다. 그리고 스컬페이스에 대한 이야기가 나왔기에 드디어 올 것이 왔다고 생각하며 마음의 준비를 했다.

"전언을 통해 들었을 테지만 왕궁에서 신 군을 호출했네."

"이유를 여쭤도 될까요?"

"그건 내가 대답하지."

이유를 묻자 알라드가 이야기를 이어받았다.

"그 전에 한 가지 물어보겠네. 자네는 왕성에 검이 날아들었다는 이야기를 들어본 적이 있는가?"

"뭔가가 날아갔다는 이야기라면…… 들어봤습니다."

"그것 말인데, 하얀 검신을 가진 대검이었다네."

"대검…… 말인가요."

알고 있다는 말이 나올 뻔했지만 신은 간신히 참아냈다. 짚이는 부분이 너무나 많았던 것이다.

"게다가 대검이 박힌 장소는 베일리히트 왕국의 둘째 공주님 침소의 외벽이었지. 그때는 정말 난리도 아니었다네."

"……."

생각해보면 참 황당한 일이긴 했다. 난리가 나는 게 당연했다.

"다행히 벽에 박혔을 뿐, 다친 사람은 없었지. 문제는 대검

쪽이었다네. 부여된 속성도 그렇고 사용된 소재도 그렇고, 상당한 물건이었으니 말일세. 감정한 자의 말로는 왕국의 보검과 견줄 만한 무기라더군."

"······엄청나네요."

들켰다. 누구의 짓인지 들킨 게 분명하다. 신은 그렇게 생각하며 내심 단념하고 있었다.

아마 이제 신의 능력이나 스컬페이스에 대해 물어보기 시작할 것이다.

마지막까지 들어보지 않아도 신은 그걸 알 수 있었다. 이런 상황에서 그걸 모르는 게 더 이상했다.

판타지 소설에서는 아주 흔한 패턴이었다.

"그런데 자네가 쓰러뜨린 스컬페이스의 보석 말인데, 매우 강력한 마력이 담겨 있더군. 레벨이 상당히 높았을 것 같네만."

"네, 뭐······."

"듣자 하니 레벨이 359였다지. 웬만한 모험가라면 목숨을 잃을 만한 레벨일세. 하지만 자네는 당시 G랭크였음에도 도망치기는커녕 쓰러뜨렸으니······. 자네는 선정자인 게로군?"

알라드는 온화하던 분위기를 날카롭게 바꾸며 물었다.

"······정답입니다."

신은 그것 말고는 대답할 말이 없다고 생각하며 고개를 끄덕였다.

솔직하게 대답하자 알라드도 험악한 분위기를 풀며 원래의 온화한 말투로 돌아왔다.

"선정자라는 단어까지 알고 있었던 건가……. 뭐, 자네라면 그 대검을 가진 스컬페이스도 쓰러뜨릴 수 있었을 테지. 아마도 마지막 공격으로 강력한 스킬을 사용해서 대검을 튕겨낸 것 아닌가?"

"그걸 어떻게……."

"여태까지 나이를 헛먹은 건 아닐세. 자네의 무기는 산산조각이 났다고 들었네만."

"네, 말 그대로 산산조각이 났죠. 칼자루만 남았으니까요. ―그런데 어째서 제가 관여했다고 생각하신 거죠? 상황을 보면 스컬페이스와 대검을 연관 짓는 게 당연하긴 하지만 확신할 수 있는 증거는 없는 것 같은데요."

신은 추론만으로 왕궁이 움직일 거라고는 생각하지 않았다.

"확인하고 싶어 한 분이 계시네. 스컬페이스에 관해 바로 조사에 착수한 것 같더군. 보석에 대한 걸 어떻게 알아냈는지, 감정했던 내게 대검의 조사 의뢰를 맡겼던 걸세. 그 대검에는 희미하게나마 이질적인 마력이 남아 있었지. 그게 보석에 담긴 마력과 일치했다네. 어떤 방법으로 알아냈는지는 알려줄 수 없네만."

"과연 그런 방법이 있었던 거군요."

판타지 버전의 DNA 감정 같은 기술이 존재하는 모양이었다. 개인마다 마력의 질이 다른 건지도 모른다.

"그렇게 된 걸세. 거기까지만 알아내도 나머진 술술 나오게 되지. 자네가 보석을 가져왔다는 게 알려져서 왕궁의 호출을 받게 된 거라네."

"워낙 중요한 사안인 만큼 길드에서도 밝힐 수밖에 없었지."

"아니요. 거기까지 들킨 이상 숨길 수는 없었을 테죠. 이해합니다."

길드가 신을 비호해줄 이유는 없었다. 길드 입장에서 보면 당시의 신은 G랭크의 신참 모험가에 불과했으니까 말이다.

물론 선정자일 경우는 이야기가 달라지지만, 왕족이 위험에 노출된 이상 왕궁의 요청을 무시할 수는 없었을 것이다.

그나마 신이 달의 사당의 소개장을 가진 덕분에 사태가 악화되지 않을 수 있었다.

발크스도 신과 실제로 만나봤을 때의 상황을 보고해두었기에 적어도 왕국에 적대감을 가진 인물은 아니라고 판단한 것이다. 애초에 상급 선정자인 공주에게 위해를 가할 목적이었다면 방법이 너무 난잡하다고 할 수 있었다.

"뭐랄까, 처음으로 도움이 된 것 같네요."

신은 이 이야기를 듣고 나서야 소개장을 갖고 있길 잘했다는 생각이 들었다.

"그래서 말이네만 이제야 본론으로 넘어가는군. 신 군을 호출한 사람은 다름 아닌 둘째 공주님이네."

"둘째 공주님이?"

"대검을 가진 스컬페이스를 쓰러뜨린 신 군에게 흥미를 가지신 것 같더군. 그분 역시 선정자이니 말이네."

"그러면 결국 그건가요? 자기하고 승부를 겨루자는……?"

"그것만으로 끝나면 좋을 테지만 말이지."

발크스의 말이 그렇지 않다는 걸 알려주었다.

"그것 말고 뭐가 있죠? 설마 왕족에게 부상을 입힐 뻔했으니까 책임을 지라는 겁니까?"

"아니, 거기에 대한 추궁은 없을 걸세. 실은 비슷한 스컬페이스가 망령평원 부근에도 나타났었거든. 공주님도 직접 토벌에 참가해보시고는 그런 상대와 혼자 싸우려면 주위를 신경 쓸 여유는 없었을 거라고 말해 주위를 납득시키셨다네."

"저로서야 고마운 일이지만…… 또 뭔가가 있나요?"

그것 말고 신이 떠올릴 수 있는 건 임관 권유 정도였다. 선정자 중에는 나랏일을 하는 자도 있었기에 충분히 가능성 있는 이야기였다.

"글쎄. 그건 나도 모르지."

"정치꾼들 속을 누가 알겠는가."

이제부터 직접 만나러 가야 하는 신으로서는 웃을 수 없는 이야기였다.

"어쨌든 무슨 이야기인지는 알겠습니다. 일단 가보죠. 구체적으로 언제 오라는 이야기는 없었습니까?"

"시간은 이쪽에서 연락해두지. 그래, 내일 아홉 번째 종이 울렸을 때가 어떻겠나?"

"좋습니다. 아, 그리고 복장은 어떻게 하는 게 좋을까요? 왕족과 만나게 될 거라고는 생각해본 적이 없어서요."

지라트도 따지고 보면 왕족이긴 했지만 워낙 가까운 사이였고 파르닛드에서는 손님 대접을 받았기에 복장 같은 걸 신경 쓴 적은 없었다.

주변에서도 다들 활동하기 편한 옷을 입고 있었기에 베일리히트 같은 곳에서 왕족과 알현하는 데 참고가 되지 않았다.

"귀족도 아닌 모험가에게 드레스 코드까지 요구하진 않을 거라네. 그냥 단정하게 하고 가면 되겠지."

"애초에 모험가의 정장이라 하면 무기와 갑옷 아니겠는가. 귀족 같은 옷을 가진 녀석은 거의 본 적이 없네."

두 사람의 이야기를 들어보면 정해진 규정 같은 건 없는 모양이었다.

"그 밖에 뭐 묻고 싶은 게 있나? 조금은 조언을 해줄 수 있을 것 같네만."

"……딱히 생각나는 게 없네요. 이런 일은 처음이라서요."

"그럴 테지. 나는 일단 말꼬리를 잡히지 않도록 조심하라고 하고 싶군. 상대를 잘못 만나면 생각 없이 꺼낸 말에 끝까지 트집을 잡히는 경우도 있다네. 그것만큼 성가신 일도 없지."

"하하, 조심하겠습니다."

알라드의 조언은 경험에서 우러나온 것 같았다.

"로이 할아범은 귀족을 싫어하거든. 모든 귀족에 적용되는 건 아닐 테지만, 뭐 그런 족속들도 분명 있으니 조심해서 나쁠 건 없을 거네."

"알겠습니다."

신은 쓴웃음을 지으며 대답했다. 소설이나 애니메이션에서 흔히 볼 수 있는 악질 귀족이 실제로도 존재한다는 건 어렵지 않게 예상할 수 있었다.

신은 아직 이쪽 세계의 귀족들을 만나본 적이 없었다. 하지만 특권 계급 중에는 자신을 높이기보다 상대를 낮추는 것에 능숙한 사람이 반드시 존재하는 법이다.

신은 그 뒤에 몇 가지 궁중 예절을 배운 뒤에 집무실을 나섰다.

신이 홀에 돌아오자 한쪽에 많은 사람이 몰려 있었다.

"아아, 그래. 나도 예상은 했어."

사람들의 중심에는 당연히 슈니와 티에라가 있었다. 두 사람만 남겨놓으면 틀림없이 이렇게 될 거라고 예상했기에 신은 오히려 무덤덤했다.

"후—!!"

유즈하가 위협하듯 으르렁거리는 소리가 들렸다. 주위를

둘러싼 남자들은 유즈하가 공격하는 순간 자신들이 고깃덩이가 될 거라는 걸 모르고 있는 것이리라.

길드 내에서 사상자가 발생하는 건 아무래도 피하고 싶었기에 신은 유즈하가 폭발하기 전에 그들에게 다가갔다.

"실례하겠습니다. 티에라, 가죠."

"아, 네!"

신이 접근하는 걸 감지한 슈니가 티에라와 함께 앞으로 걸어 나갔다. 그리고 슈니에게서 희미한 위압감이 발산되었다.

거기 짓눌린 남자들이 몇 걸음 뒤로 물러섰다. 그러면서 생겨난 길을 통해 슈니와 티에라는 인파에서 벗어났다.

신은 두 사람을 눈으로 좇던 남자들이 자신에게 주목하는 걸 알 수 있었다. 현실 세계에서는 경험해본 적 없는 무언의 압박이 느껴졌다.

'내가 이런 시선을 받는 날이 올 줄이야…….'

어지간히 둔감한 사람이 아니라면 그들의 질투 섞인 시선을 느끼지 못할 리는 없었다. 신은 성가시면서도 나쁘지는 않은 미묘한 기분을 느꼈다.

"같이 파티를 맺자고 온 거야?"

"파티가 절반, 차 마시자는 게 절반이었어요."

"받아들여도 좋겠다 싶었던 사람은?"

"없었어요."

완벽한 미소를 지으며 말하는 슈니의 평가는 신랄하기 그지없었다. 그녀의 눈이 말도 안 되는 소리라고 말하고 있었다.

"스승님께 걸맞은 레벨이 있을 리가 없잖아요."

티에라는 어이가 없다는 듯이 말했다. 애초에 슈니가 신 이외의 누군가와 파티를 맺을 리가 없었다.

"당연하죠. 그보다 이야기는 어떻게 됐나요?"

"일단 대충 어떤 내용인지는 듣고 왔어. 설명하기 전에 장소부터 옮기자. 여기선 조금 그렇잖아."

주목받고 있는 상황에서 할 만한 이야기는 아니었다.

목적지는 혈웅정이었다. 지난번 묵을 때 방음이 확실하다는 걸 확인해두었기 때문이다.

†

"어서 오세요! 어머, 신 씨. 오랜만이네."

"오랜만이야. 방을 2개 빌리고 싶은데, 빈 곳이 있어?"

"비어 있긴 하지만…… 그 전에 잠깐 이리로 와봐."

"응? 아아, 왜 그래?"

신은 혈웅정의 간판 여점원 츠구미에게 붙들려 카운터까지 끌려갔다. 츠구미는 미심쩍은 얼굴로 목소리를 낮추며 말을 꺼냈다.

"저기, 저기, 저 미인들은 대체 뭐야?! 엘프는 확실히 예쁜 사람이 많지만 옆에 있는 비스트도 차원이 다르게 이쁘잖아?! 대체 무슨 마법을 사용한 거야!"

츠구미는 작은 소리로 외치는 신기한 기술을 사용하면서 신을 다그쳤다.

츠구미 본인도 미소녀라 불러도 될 만큼 귀여웠다. 하지만 슈니와 티에라의 미모는 그런 츠구미가 봐도 차원이 다른 모양이었다.

"조금 사정이 있어서 말이야. 자세한 이야기를 해줄 수는 없어."

"어~."

"어는 무슨 어. 손님의 개인 사정을 알아내려고 하지 말라고."

"아니, 모험가가 된 지 한 달도 안 된 네가 저런 미인을 두 사람이나 데리고 있잖아. 궁금해하지 않는 게 이상하지."

"이봐, 이봐. 마음은 이해하지만 이러면 안 되잖아."

"칫~."

"삐치지 말라고."

따분한 일상 속에서 이런 이야기에는 흥미가 돋을 수밖에 없었으리라.

신이 평범한 모험가였고 우연히 만난 일행이었다면 이야기해도 상관은 없었을 것이다. 하지만 워낙 기구한 사연인 만큼 신과 슈니에 대한 이야기는 누구에게도 자세히 밝힐 수 없었다.

"하아, 오랜만에 재미있는 스토리를 들을 수 있을 줄 알았는데."

"스토리는 무슨."

하지만 말투와는 달리 별로 아쉬워하는 것 같지도 않았기에 신은 어이가 없었다. 츠구미는 집요하게 물어볼 생각이 없었는지 카운터로 돌아가 평소처럼 손님들을 맞이했다.

신은 1인실, 슈니와 티에라는 2인실을 빌렸다. 내일 얼마나 오래 걸릴지 모르기에 일단 쥬르 금화 1닢을 건네고, 부족해지면 알려달라고 해두었다.

마침 적당한 시간이었기에 신 일행은 점심 식사를 한 뒤 슈니와 티에라의 방에서 집합했다.

"뭐, 거기서 듣고 온 내용은 이 정도야. 아마도 한판 싸워야 할 것 같은데 말이지."

발크스와 알라드에게서 들은 내용을 이야기하자 슈니는 납득했다는 듯이 고개를 끄덕였다.

"그렇군요. 저와 재회하기 전에 그런 일이 있었던 건가요."

"왕성에 검을 날려 보내다니, 대체 무슨 짓을 하고 다닌 거야……."

"내가 좋아서 그런 줄 아느냐고."

"쿠우? 신 굉장해?"

"어떤 의미에선 굉장하네."

티에라는 질렸다는 듯이 말했고, 유즈하는 이해하기 힘들었는지 고개를 갸웃거렸다.

"예상해볼 수 있는 건 신이 말한 것처럼 기사 임관을 권유하거나 어느 정도 지위가 높은 귀족과의 혼인을 권하는 정도겠죠."

"임관은 그렇다 치고, 혼인이라고?"

"네, 그 둘째 공주가 스컬페이스의 전투력을 정확히 파악하고 있다면 신의 실력이 상급 선정자 수준이라고 생각할 거예요. 국가의 전투력은 상급 선정자 수와 비례한다는 말도 있으니 적극적으로 포섭하려고 들겠죠."

"공주님과의 회담 뒤에 맞선 자리가 마련되어 있을 가능성도 있다는 건가. 갑자기 가고 싶은 마음이 싹 사라지는데……."

신은 임관할 생각도, 혼인할 생각도 없었다. 당연히 거절할 제안을 듣고 싶어 하는 사람은 없는 법이다.

"임관에 대한 건 거절해도 문제없을 거예요. 모험가에서 기사가 되는 경우는 별로 많지 않으니까요."

"그래?"

"규율에 얽매이는 걸 싫어하는 사람이 많거든요. 같은 파티에 속한 멤버들도 귀중한 인재를 잃고 싶지 않으니까 말리는 게 보통이고요."

모험가에서 임관하는 경우는 솔로로 활동하거나 멤버가 고정된 파티를 맺지 않는 사람이 많다고 한다.

"지금 신은 우리와 파티를 맺고 있으니까 그걸 명분 삼으면 거절하기 어렵지 않을 거예요."

"문제는 혼인인가. 이런 건 이유도 없이 거절하면 성가신 일이 뒤따르겠지."

"그건 제가 약혼자라고 말하면 될 것 같은데요."

"아아, 이미 약혼한 사람이 있다고 하면 되겠구나."

이미 약혼한 사람에게 새로운 약혼 상대를 강요하진 않을 거라는 게 슈니의 생각이었다.

확실히 나쁘지 않은 핑계였다. 하지만 그 정도로 포기하지 않는 게 바로 귀족이었다.

"너무 무리하게 강요하다 기분을 상하게 해서 다른 나라로 가버리면 오히려 손해니까요. 경우에 따라서는 티에라도 약혼자라고 말한다면 최소한 미인계로 유혹하려는 생각은 하지 않을 거예요."

"어, 저 말인가요?"

"어머, 싫은가요?"

"아뇨, 연기하는 것 정도야 상관없지만요."

어디까지나 연기였기에 티에라도 승낙해주었다.

"쿠우! 그러면 유즈하도 신하고 한 쌍이 될래!"

"잠깐, 유즈하, 그건 안 돼! 내가 사회적으로 매장당한다고!"

하지만 무슨 착각을 했는지 유즈하가 인간 형태로 변신하며 입후보하자 신이 황급히 제지했다.

유즈하는 아직 어린 소녀로밖에 변신할 수 없었던 것이다. 게임에서 보았던 요염한 미녀라면 모를까, 어린 소녀에게 손을 댔다는 오해를 받는다면 변태로 낙인찍힐 게 뻔했다.

"이번에는 연기, 그냥 연기하는 것뿐이야. 진짜가 아니라고."

"쿠우? 슈니하고 교미 안 해?"

"이봐아! 그런 모습으로 그런 말 하면 못 써!"

"교……?!"

유즈하의 입에서 튀어나온 예상치 못한 단어에 신은 머리를 감싸 쥐었고 슈니는 딱딱하게 굳어버렸다. 유즈하는 본래 갖고 있던 지식이 봉인당한 상태였지만 이 정도는 알고 있어도 이상할 게 없었다.

하지만 새끼 여우의 모습이라면 몰라도 어린 소녀의 모습으로 그런 단어를 이야기하면 여러모로 꺼림칙할 수밖에 없었다. 교미라고 말하는 걸 보면 성에 대한 건 동물적인 감각이 강한 건지도 모른다.

그리고 필사적으로 유즈하를 말리는 신 옆에서 슈니는 얼굴이 새빨갛게 달아올라 있었다.

"어쨌든 진정합시다."

그렇게 말하는 티에라가 그 자리에서 가장 냉정했다.

✝

다음 날 아침.

여관에서 발크스의 편지와 여러 가지 허가증을 받아 든 신
은 성에 갈 준비를 마쳤다.

신과 슈니, 티에라가 의논한 결과 일단 신이 왕성에 가서
상대가 어떻게 나오는지를 살펴보기로 정해졌다.

파티 멤버 겸 약혼자가 있다고 말하면 상대편도 이상한 소
리를 하진 못할 것이다. 하지만 물론 방심할 수는 없었다.

"그러면 다녀올게. 유즈하를 잘 부탁해."

"잘 다녀오세요. 무슨 일이 생기면 바로 심화로 연락 주시
고요."

"싸울 때는 살살 해. 공주님을 다치게 하면 큰일이잖아."

"괜찮다니까. ……아마도."

"정말로 조심해야 해?"

신은 그런 대화를 나누며 혈웅정에서 출발했다.

상대가 왕족인 만큼 지금 걸친 복장은 게임 시절의 거점 중
하나였고 현재는 『성지』로 불리는 카르키아의 예복이었다. 의
전용 군복이라고 해도 될 만큼 실용성과 디자인이 겸비된 멋
진 의상이었다.

장비품으로 따지면 랭크가 별로 높진 않았고 꾸미기용 아이템처럼 취급되던 옷이었다.

카르키아 자체가 모험을 시작하는 첫 거점이기도 해서 초심자용 무기점에서도 구입할 수 있을 정도였다. 당연히 방어구로서의 성능도 낮은 편이었다.

신이 입고 있는 건 대장용 예복으로 붉은색을 기조로 한 옷이었다. 그 밖에도 파란색을 기조로 한 부(副)대장용 예복, 성능이 더욱 낮은 일반 병사용 예복도 존재했다. 그래서 꾸미기용 아이템으로 알려졌던 것이다.

"자, 과연 뭐가 나오려나."

신은 시야 끝에 보이는 미니맵을 확인하면서 성벽에 난 문으로 향했다.

베일리히트 왕국은 중앙에 왕성이 있고 그 주위를 귀족이나 대상인 등 부유층의 저택이 둘러싸고 있었다.

원래는 그곳이 일반인들의 거주지였지만 주민들이 증가하면서 바깥쪽에 성벽이 더 생겼고 신분에 따라 거주 지역이 나뉘었다.

귀족들과 일반인의 생활 구역. 그 경계선이 신이 지금 향하고 있는 내벽(内壁)이었다.

원래는 이곳이 외벽이었기에 마법 강화는 충실히 되어 있었다. 당시에 강력한 마법사가 있었는지, 강화 정도는 내벽

쪽이 더 우수했다.

신은 몬스터들에게 내벽까지 침공당하는 일이 없기를 바랄 뿐이었다.

"뭐, 아무리 그래도 여기서부터 막히진 않겠지."

잠시 걸어가자 외벽보다 조금 작아 보이는 성문이 보였다.

내벽도 외벽과 마찬가지로 동서남북에 문이 있었고 출입이 엄격하게 관리되었다. 신분이 높은 사람들이 많이 살고 있기에 신원이 어느 정도 확실한 자만 통과할 수 있는 것이다.

하지만 이 {어느 정도}라는 기준이 결코 만만치가 않아서, D랭크 모험가의 경우 의뢰라도 수행하고 있지 않다면 바로 문전박대를 당할 수밖에 없었다. 그래서 오늘 아침 혈웅정으로 온 발크스의 편지에는 내벽으로 들어가는 통행 허가증이 들어 있었다.

"……좋다, 들어가도록."

성문의 경비병은 허가증과 다른 서류를 번갈아 살펴보고 나서 그렇게 말했다. 신은 허가증을 받아 들고 성 안쪽으로 걸어갔다.

"……한적한 고급 주택가로군."

외벽 안쪽의 거리와는 달리 걸어 다니는 사람은 거의 없었다. 기껏해야 사용인 같은 복장을 입은 사람만 몇 명 걸어 다닐 뿐이었고, 사람들 대부분은 마차를 타고 이동하는 것 같았다.

노점 같은 것은 당연히 없었고 무척 조용해서 마치 다른 나라에 온 것 같은 착각을 불러일으켰다.

'3, 4, 5…… 8명인가.'

신은 왕성으로 걸어가면서 자신을 향한 시선을 느꼈다.

그들은 무예와 마법, 두 계열의【은폐】스킬을 사용해 일정한 거리를 둔 채 신을 포위하듯 따라오고 있었다. 미니맵에 표시된 마크의 색은 녹색이었다. 아직 감시자들에게 적의는 없는 것 같았다.

"공격해올 기색은 없는 건가. 이야기를 듣기로는 공주님이 이런 짓을 할 만한 사람 같지는 않던데."

발크스가 말하는 둘째 공주는 숨어서 감시하기보다 직접 만나러 올 것 같은 이미지였다. 아직 단정할 수는 없지만 다른 세력이 움직이고 있는 건지도 몰랐다.

"……아아, 집에 가고 싶어지네……."

그것이 신의 솔직한 심정이었다.

여기까지 와놓고 돌아갈 수는 없었지만 싫은 건 어쩔 수 없었다.

신은 그런 심정으로 왕성을 향해 걸어가고 있었다.

"실례합니다. 둘째 공주님께 호출을 받고 왔습니다. 제가 왔다고 전해주시겠습니까?"

"이야기는 들었다. 허가증을 보여주게."

신은 왕성의 문을 지키는 위병에게 말을 걸어 입성 허가를 받았다.

이미 이야기가 되어 있었는지, 발크스에게 전해 받은 허가증을 확인한 위병은 문 옆에 마련된 위병의 대기소를 통해 신을 들여보내 주었다. 신 한 사람을 위해 굳이 성문을 열고 닫을 생각은 없는 것 같았다.

"지금 안내할 사람을 부르러 갔네. 잠시 기다려주게."

"알겠습니다."

신은 특별히 할 일도 없었기에 주위를 구경하며 시간을 때웠다.

잘 정비된 길이 성 안쪽으로 뻗어 있었다. 마차가 안까지 들어갈 수 있어서 비가 오는 날도 몸이 젖지 않고 내릴 수 있다고 한다.

잠시 기다리자 이쪽으로 다가오는 기마병의 모습이 보였다. 붉은 갑옷을 입은 인물이 말고삐를 쥐고 있었다. 그는 신의 앞까지 다가와 말을 멈추고 내려왔다.

"실례하오. 모험가인 신 공이 맞소이까?"

"네, 그렇습니다."

"나는 가들라스 쟈르. 리온 공주님의 명으로 그대를 데리러 왔소. 안내할 테니 따라오시오."

"알겠습니다."

신은 고개를 끄덕이며 자신을 가들라스라고 소개한 남자의 뒤를 따랐다. 신은 걸어가면서 가들라스의 능력치를 체크했다.

—【가들라스 쟈르 레벨 188 암흑기사】.

레벨 188. 신에게도 낯익은 수치였다. 발크스와 처음 만났을 때 이야기로만 들었던 '기사 단장'이 바로 그인 것 같았다.

메인 직업은 기사에서 파생되는 상급 직업 중 하나인 암흑기사였다. 입고 있는 붉은 갑옷은 고유급 하급품인【일각린수(一角鱗獸)의 갑옷】이었다.

레벨과 일정한 능력치를 충족해야만 사용 가능한 직업과 장비. 그리고 몸에서 희미하게 뿜어져 나오는 무인 특유의 기척.

신은 아무리 자신이 상급 선정자로 알려졌다지만 왕국 최강 전력 중 하나가 이렇게 마중을 나와도 되나 싶었다.

신이 그 정도의 가치가 있다는 걸 넌지시 알려주는 것일까?

아니면 그가 행패를 부릴 경우 일반 병사들로는 제압할 수 없다고 생각한 것일까?

여러 가지로 생각해보았지만 결국 답은 나오지 않았다. 왕족이나 귀족을 만나본 적도 없는 신이 그들의 숨겨진 뜻까지 읽어내는 건 불가능했다.

신은 얌전히 가들라스를 따라 걸었지만 어떻게 된 일인지 거의 누구와도 마주치지 않았다.

"그대는 어딘가의 귀족 혈통이라도 이어받은 건가?"

가들라스가 갑자기 그런 질문을 했다.

"아니요. 어디에나 있는 흔한 평민인데요."

신은 슈니와 티에라가 들으면 어처구니없어할 대답을 했다.

"그런가? 아아, 그냥 가들라스라고 부르면 되네. 난 모험가 출신 기사라서 말이지. 딱딱한 건 딱 질색이야."

"그러면 가들라스 씨라고 부르겠습니다."

"……뭐, 그렇게 하게. 아까 하던 이야기로 돌아가서, 난 사실 성에 처음 불려왔을 때 뭣도 모르고 갑옷을 입고 왔거든. 그런데 자네는 복장을 충분히 신경 써서 오지 않았나. 평민 출신의 모험가들은 그런 걸 잘 모르지. 그래서 혹시 귀족이 아닌가 생각한 거네."

굳이 예복을 입고 올 필요는 없었던 모양이다. 신은 실수한 게 아닌가 생각했지만 일단 발크스의 조언에 따랐다고 말해 두기로 했다.

"길드 마스터에게서 단정하게 하고 가는 게 좋다는 말을 들었거든요. 사실 알맞게 입고 왔는지 불안하던 참이었습니다."

"아니, 가는 장소에 따라 복장을 갖추어 입는 건 나쁜 일이 아닐세. 오히려 잘한 일이라고 생각하네만."

"왕성에 오는 게 처음이라 급하게 준비했습니다."

그런 대화를 나누며 걸어가다 가들라스가 어느 문 앞에서 멈추어 섰다. 신도 알아볼 수 있을 만큼 다른 곳보다 훨씬 화려하게 장식된 문이었다.

"이 안에 리온 공주님이 계시네. 모험가에게 예절을 요구하는 분은 아니시니 너무 긴장하지 않아도 되네."

"노력해보죠."

가들라스가 문을 노크하고 신이 왔다는 것을 알리자 문이 곧 안쪽에서 열렸다.

가들라스와 함께 안으로 들어가자 바로 문이 닫혔다.

신은 시녀라도 있나 생각했지만 문을 열고 닫은 건 남자 기사였다.

—【페이젤 아디트 레벨 175 성기사】

금발 벽안의 우아한 외모에 직업이 성기사였다. 아마 이 남자 역시 선정자일 것이다.

그러고 보면 빌헬름도 공개된 것보다 많은 선정자가 있다고 말한 적이 있었다.

하지만 다른 곳만 쳐다보는 것도 예의가 아니었기에 신은 바로 정면을 바라보았다.

방 중앙에는 고급스러운 테이블과 의자가 놓여 있었고 그곳에 한 여성이 앉아 있었다.

아름다운 여성이었다. 선명한 금색 머리카락은 뒤로 묶어도 등까지 내려올 만큼 길었다.

신을 바라보는 눈동자는 루비를 연상시키는 진홍색이었다. 몸매도 좋았고 {어떤 부분}은 티에라에 필적할 수 있을 정도였다.

다만 그녀의 복장은 공주라는 이미지와 거리가 멀었다.

상반신에는 가슴부터 배까지 덮는 가죽 갑옷 위로 하얀 재킷을 걸치고 있었다. 하반신에는 붉은 핫팬츠와 무릎까지 올라오는 같은 색의 롱부츠를 신고 있었다.

재킷은 단추를 하나도 채우지 않았기에 가죽 갑옷 위로 드러난 가슴 굴곡이 신이 서 있는 위치에서도 잘 보였다. 지금까지 상상해온 공주님의 이미지와는 전혀 다른 모습이었다.

—【리온 슈트라일 베일리히트 레벨 230 마검사】

하지만 표시된 이름과 레벨, 전해오는 기운을 통해 그녀가 신을 제외하면 이 방에서 가장 강하다는 걸 알 수 있었다.

신은 그녀의 복장 역시 전투를 위한 것이라고 추측했다. 아무래도 싸움을 피할 수는 없을 것 같았다.

"잘 와주었다. 나는 리온 슈트라일 베일리히트. 이 나라의 둘째 공주다. 잘 부탁한다."

"모험가인 신이라고 합니다. 초대해주셔서 감사합니다."

신은 자기소개를 하며 머리를 숙였다.

"어라, 인사가 제법 그럴듯하군. 난 예의를 별로 신경 쓰지 않는 성격이라 말이지. 예법 따윈 신경 쓸 것 없다. 편하게 리온이라고 불러다오."

"……그러면 리온 님이라고 부르겠습니다."

신은 공주가 예의를 신경 안 쓰면 어쩌나 싶었지만 굳이 그걸 지적하지는 않았다.

거리에도 자주 출몰해 모험가 못지않은 활동을 한다는 공주였다. 신은 그럴 수도 있겠다고 스스로를 납득시켰다.

외모만 보면 공주라는 이름에 부끄럽지 않았지만 위엄은 별로 느껴지지 않았고 다가가기 쉬운 성격인 것 같았다.

왕족으로서 그것이 장점인지 단점인지는 아무도 알 수 없었다.

"공주님. 첫 대면에 그럴 수는 없습니다. 곤혹스러워하고 있지 않습니까."

"언젠가 함께 싸우게 될지도 모르는데 왕족이라고 쓸데없는 위엄을 부리는 것보다야 낫지 않겠나?"

"……신, 미안하지만 공주님은 이런 분이시네. 신분은 신경 쓰지 말고 편하게 이야기하게나."

"네에…… 뭐, 노력해보죠."

공주라기보다 성격 좋은 모험가 같다고 신은 생각했다.

가들라스도 어느새 편한 말투로 돌아와 있었다. 아무래도 이것이 그들의 평소 모습인 것 같았다.

신이 당황하면서 슬쩍 페이젤 쪽을 돌아보자 방의 비품처럼 직립 부동의 자세를 유지하고 있었다.

"저기, 먼저 저를 여기로 부르신 이유를 듣고 싶습니다만."

"음, 딱딱하게 말할 필요는 없대도."

"아니요, 그럴 수는 없죠."

본인이 허락했다고 해서 다른 사람들도 언짢아하지 않는다는 법은 없었다. 게다가 감시자들도 있었기에 괜히 무례하게 굴었다가 나중에 트집을 잡힐지도 모르는 일이었다.

"뭐, 신이 그렇게 말한다면 어쩔 수 없지. 그건 그렇고, 오늘 부른 이유 말인가? 이미 대략적인 내용은 발크스 공에게 들었을 테지만 그 스컬페이스에 대해 물어보려고 불렀다. 레벨은 359고 이걸 사용했다지."

리온은 그렇게 말하며 발밑에 놓아둔 거대한 케이스를 열었다.

신은 그런 건 시녀의 일이 아닌가 생각했지만 공교롭게도 이 방에는 시녀가 단 한 명도 없었다. 그렇게 따진다면 이 자리에는 마실 것조차 준비되어 있지 않았다.

리온이 케이스에서 꺼낸 건 전에 신이 쓰러뜨린 스컬페이스가 갖고 있던 대검이었다. 여성이 들기에는 많이 무거울 테지만 리온은 아무렇지 않게 한 손으로 들어 올렸다.

"……확실히 그때 스컬페이스가 갖고 있던 무기군요. 장식과 검신을 뒤덮은 아우라를 보니 기억이 납니다."

상당히 인상적인 상대였기에 무기의 형태도 선명히 기억하고 있었다. 신은 스컬페이스와 싸울 때는 미처 사용하지 못했던 감정 스킬을 몰래 발동해보았다.

그러자 처음으로 대검이 전설급이라는 걸 알 수 있었다. 이름도 존재했고 【무스페림】이라 불리는 것 같았다.

"으음, 상당한 솜씨였던 모양이군."

"글쎄요. 저의 무기가 조금만 약했어도 도망칠 수밖에 없었을 겁니다."

"이것과 맞부딪칠 수 있었다는 것만으로도 상당한 무기였을 것 같은데?"

당시에 장비했던 【카즈우치(數打)】가 손잡이만 남았던 것도 이미 알고 있는 것 같았다.

무스페림은 2메르 길이의 두꺼운 검신이 달려 있었다. 어지간한 무기가 아니라면 제대로 맞부딪칠 수도 없는 게 사실이었다.

"여행을 하다 우연히 얻게 된 무기였습니다. 일단 희귀급 정도의 성능이었던 것 같습니다만."

사실은 일반급을 강화한 것뿐이지만 이쪽 세계에서 무기의 최대 강화 폭이 어느 정도인지 몰랐기에 신은 일단 얼버무렸다.

희귀급 무기라면 무스페림과도 맞부딪칠 수 있었고 무리하다 부서졌다는 것도 납득할 수 있을 것이다.

"그러면 지금은 평범한 무기를 쓰고 있나?"

"아니요. 베이룬으로 향하는 마차의 호위 의뢰를 수행하다 도적들을 퇴치했거든요. 그 녀석들이 갖고 있던 무기가 마검이라 지금은 그걸 쓰고 있습니다."

도적들의 짐은 기본적으로 토벌한 사람에게 소유권이 넘어 간다. 신은 그것을 알리바이로 삼은 것이다.

"그렇군. 마검이라면 네가 사용해도 견뎌낼 수 있을 테지."

"그러면 좋겠지만 입수한 뒤로 사용할 기회가 없어서 아직 확인해보지는 못했습니다."

"그래도 연습은 해봤겠지?"

"일단은요."

그렇다. 이것은 싸움으로 흘러가는 분위기였다.

몬스터에서 무기, 그리고 그 무기에 대한 숙련도까지. 자연 스러운 대화의 흐름이긴 하지만 이렇게 전투와 관련된 이야 기가 계속되다 보면 한번 싸워보자는 결론이 날 게 뻔했다.

"흐음⋯⋯."

"⋯⋯?"

하지만 리온은 예상과는 달리 고개를 끄덕거리며 입을 다 물었다. 신으로서는 어떻게 해야 좋을지 판단하기 어려운 반 응이었다.

"저기, 왜 그러십니까?"

"아니, 으음. 역시 넌 다르군."

"다르다고요?"

신은 무슨 의도인지 알 수 없어 리온의 말을 그대로 따라 했다.

"너처럼 갑자기 두각을 드러내는 모험가는 대부분 선정자다. 가들라스도 그랬지만, 그 능력이 상급이라고 판단되었을 때는 왕궁에 부르는 게 통례지."

"뭐, 이해합니다."

"하지만 그중에는 그걸 이용해 다른 선정자를 암살하려 하는 자도 있다."

"……그것 참 살벌한 이야기네요."

그렇다면 자신을 쉽게 공주와 만나게 해도 되는 거냐고 신은 묻고 싶었다. 하지만 리온의 말이 더 이어질 것 같았기에 신은 굳이 끼어들지 않았다.

"너에 대해서도 그런 의심을 하는 자들이 있었지만 아무래도 괜찮을 것 같군."

"어라? 제가 여기서 의혹을 해명한 것 같지는 않습니다만."

"당연하다. 내 감이니까 말이지."

"어~."

신은 자기도 모르게 평소 말투가 튀어나왔다. 하지만 어쩔 수 없는 일이었다.

국가에 위해를 가할지도 모르는 상대를 감으로 판단한다는 이야기는 들어본 적이 없었다. 감이 빗나가면 어쩌려는 것일까.

"평소 모습이 나온 것 같군."

"그야 그럴 수밖에요. 좀 더 구체적인 증거가 있어야 주위 사람들이 납득할 텐데요."

"괜찮다. 나는【직감】스킬을 갖고 있다. 태어나서 지금까지 감이 빗나간 적은 한 번도 없지. 그리고 이래 봬도 일국의 공주다. 사람 보는 눈은 누구에게도 뒤지지 않아."

시원스레 미소 짓는 리온의 말을 들으며 신은【직감】에 그런 효과가 있었나 생각해보았다. 게임에서는 어디까지나 전투 보조 스킬에 불과했다.

굳이 말하자면 여자의 직감이라고 말하는 게 좋지 않을까 하는 생각이 들었다.

'……설마 여자의 직감이【직감】스킬로 강화된 건가?'

신은 자기도 모르게 그런 생각이 들었다.

"뭐, 가장 결정적인 건 네가 달의 사당의 소개장을 갖고 있다는 점이었지."

"그렇겠죠~."

현재로서는 그것이 최강의 신분 증명서였다.

"소개장은 복제할 수도 없고, 슈니 공이 암살을 꾀할 인간에게 소개장을 줄 리는 없다. 게다가 소개장을 가진 자는 도난에 대한 방비가 잘되어 있기에 누가 훔쳐낼 수도 없지. 아직까지 한 명도 소개장을 빼앗긴 적이 없다고 하니까, 사실 이건 최종 확인 같은 거였다."

"그렇군요. 그러면 이제 본론으로 넘어가는 겁니까?"

"그렇다. 단도직입적으로 말하지. 나와 승부를 겨루어주게!"

"아니, 공주님! 임관 이야기를 먼저 하셔야죠!"

리온이 대결을 요청하자 가들라스가 바로 끼어들었다. 아무래도 미리 협의한 것과 달랐던 모양이다.

"무슨 소리냐, 가들라스. 역시 진짜 실력은 검을 맞부딪쳐 봐야 아는 것 아니겠나?"

"그렇다 해도 좀 더 잘 말씀하실 수 있잖습니까. 모험가에게 나와 승부를 겨루자고 소리치는 공주가 대체 어디 있습니까?"

"정숙한 공주는 언니 담당인데."

"담당이라니……."

아무래도 가들라스의 고생이 심한 것 같았다.

"공주님의 부탁이니까 거절할 수는 없지만 훈련용 무기로 부탁드리고 싶은데요."

신의 무기는 웬만한 날붙이보다야 훨씬 강하지만 전설급 무기와 정면으로 맞부딪쳐서 어디까지 버틸지는 알 수 없었다.

"알았다. 기사들이 사용하는 무기를 빌려주지. 망가뜨려도 상관은 없다."

"그러면 다행이지만요. 아무래도 그 검을 상대로 싸우는 건 사양하고 싶거든요."

그런 소리를 하는 신의 아이템 박스에 더욱 위험한 무기가 잠들어 있다는 건 비밀이었다.

"그러면 바로 훈련장으로 가지."

공주는 의기양양하게 걸어가기 시작했다.

격의 없는 말투와는 달리 걸어가는 모습에는 전혀 빈틈이 없고 우아했다. 행동거지만 보면 그런 성격이라는 걸 아무도 상상할 수 없을 것이다. 그녀가 한 손으로 들어 올린 무스페림의 거대한 케이스가 없다면 말이다.

"공주님……."

"……힘드시겠네요."

"이해해줘서 고맙군."

신은 어깨를 축 늘어뜨린 가들라스가 안쓰럽게 느껴졌다.

†

신 일행이 방에서 나간 직후.

방에 남아 있던 페이젤은 신 일행의 기척이 멀어지는 것을 느끼고 어깨에서 힘을 풀었다.

스스로도 느끼지 못할 만큼 긴장하고 있었는지 근육이 상당히 굳어 있었다. 그는 심호흡을 하며 몸에서 힘을 뺐다. 그리고 조금 나아진 것을 느끼며 작게 한숨을 쉬었다.

"지친 모양이군."

페이젤 외에 아무도 없던 방에서 어디선가 남자의 목소리가 들렸다.

"조금."

목소리를 들은 페이젤은 별로 놀라지도 않고 대답했다. 목소리의 주인공은 페이젤의 동료였던 것이다.

"긴장되는 상대였나?"

"응, 역시 소개장을 갖고 있을 만했어."

페이젤은 피곤한 웃음을 지으며 대답했다.

페이젤의 역할—그것은 자신이 가진 스킬을 이용해 상대의 정보를 캐내는 일이었다.

"보였나?"

"보였어. 하지만 아마 능력치를 조작했을 거야."

그가 지금까지 왔던 사람 중에서 가장 비정상적이었다고 덧붙이며 페이젤은 목소리의 반응을 기다렸다.

"그 정도였나?"

"틀림없어. 일단 이름은 신이고 레벨은 200. 직업은 사무라이. 하지만 실제로 얼굴을 보고 느낀 바로는 조작된 정보인 게 분명해."

페이젤은 상대의 능력을 밝혀내는 데 특화된 선정자였기에 확신을 가질 수 있었다.

리온과 가들라스가 알아채지 못한 신의 능력. 그의 몸에서 흘러나오는 힘의 일부를 정확히 파악해낸 것이다. 실제로는 레벨을 제외하면 정확한 정보였지만 말이다.

"내가 제대로 된 정보를 하나도 얻어내지 못했다는 게 한심하지만, 이것만큼은 말할 수 있어. 그는 강해. 우리가 상상하는 것 이상으로."

"네가 그렇게까지 말할 줄이야. 이 일은 왕에게 보고해두지."

"부탁할게. 가능하다면 섣불리 건드리지 말라고 전해주면 좋겠군. 빌헬름 군 때처럼 멍청한 인간들이 움직이면 큰일이야. 적어도 나는 그와 싸우고 싶지 않아."

"알았다. 상급 선정자를 적으로 돌릴 수는 없지."

그 말을 마지막으로 목소리는 들리지 않았다. 아무래도 보고하러 간 모양이었다.

"이런, 이런. 오늘은 이만 집에 가고 싶군."

아직도 두려움에 식은땀이 나는 것 같았다.

페이젤은 그렇게 중얼거리며 방을 나섰다.

†

신은 리온 일행과 함께 기사들이 사용하는 훈련장으로 향했다.

"혹시나 해서 물어보는 건데, 설마 병사들이 훈련하는 옆에서 싸우진 않겠죠?"

"아니, 우리가 싸운다면 그렇게 할 수 없지. 오늘은 야외 훈련으로 절반이 성 밖에 나갔고 나머지는 다른 일 때문에 훈련장에는 없다. 누군가가 엿볼 수야 있겠지만 많은 사람들 앞에서 싸울 일은 없을 거다. 신은 자신의 싸움을 남들에게 보여주기 싫어하는 타입인가?"

"굳이 내 실력을 사람들에게 공개하고 싶지는 않으니까 말이죠. 길드에서는 아무도 없는 훈련장에서 싸웠거든요."

"호오, 신중한 성격이로군."

"모험가는 보통 그렇지 않습니까?"

기사와 달리 단독으로 움직이는 경우가 많은 모험가들은 만약을 위해 비장의 무기 한두 개쯤은 준비해둘 거라는 게 신의 생각이었다.

"굳이 따지자면 힘을 과시해서 명성을 얻으려는 녀석들이 더 많다네. 실력을 인정받으면 나처럼 임관할 수도 있으니까 말이지."

신의 질문에 전직 모험가인 가들라스가 대답해주었다.

"그런가요."

"물론 비장의 무기를 숨겨두거나 자네처럼 자기 능력을 보여주지 않으려는 녀석들도 있긴 하다네."

신 같은 유형이 드물지는 않아도 소수에 속하는 듯했다.

"개인적으로는 신 같은 성격이 마음에 든다. 힘만 있으면 무슨 짓을 해도 된다고 생각하는 자들은 아무래도 좋아할 수 없거든. 힘을 갖고 있다면 그걸 어떻게 사용할지는 제대로 생각해야만 하는 법이다."

"힘을 가진 자의 의무…… 같은 건가요."

"강자의 의무다. 자신이 강자라는 걸 자각한 순간부터 그 힘이 자신이나 주위에 어떤 영향을 끼치는지를 항상 생각해야만 한다. 설령 자신이 원치 않았던 힘이라도 말이지."

자신은 왕족이기 때문에 늘 그런 식으로 생각하게 된다고 덧붙이며 리온은 쓴웃음을 지었다.

왕족이란 말과 행동 하나하나가 주위에 커다란 영향을 끼치는 존재였다. 어떻게 보면 선정자와 비슷하다고도 할 수 있었다.

따라서 어렸을 때부터 왕족으로서 교육받아온 리온은 힘을 올바르게 사용하는 법을 잘 알고 있는 셈이었다.

하지만 그녀는 그런 교육을 받으며 자신이 공주라는 존재와 거리가 멀다는 것도 알게 되었다.

힘을 제어하기 위해 밤낮으로 검을 휘두르고 싸움은 의무가 된다. 예의범절이나 교양이 아닌 군사 지식을 배워야 했다. 굳은살이 박인 손을 보며 일국의 공주라고 생각할 사람이 누가 있겠는가.

"힘들겠군요."

"남의 일인 것처럼 말하지만 신도 그게 어떤 의무인지는 잘 알 텐데?"

"저는 나랏일을 하고 있는 건 아니니까요. 모험가는 자유로운 신세죠. 게다가 하루 종일 그런 생각만 하면 피곤해지니까 무슨 일이든 적당한 게 최고입니다. 그렇지 않으면 마음 편할 날이 없잖습니까."

리온의 생각을 부정하려는 건 아니었다. 사실 그런 생각을 갖고 행동하는 건 매우 고귀한 일이었다.

하지만 처한 입장이나 실력은 사람마다 제각각이었다. 그런 것을 자각하지 못하고 멋대로 행동하는 사람이 있는가 하면, 자각하면서도 자유롭게 살아가는 사람도 있었다.

그 결과가 어떻게 될지는 신만이 알 수 있을 것이다.

물론 신은 모든 것을 하늘에 맡기고 싶지는 않았기에 나름대로 생각해서 행동하고 있었다. 그게 잘되고 있는지는 애매하지만 말이다.

"그렇게 말할 수 있다는 게 조금 부럽군."

"뭐, 무슨 일이 벌어지든 성가시다는 건 마찬가지지만요."

"군에 들어오면 귀찮은 일이 조금은 줄어들지도 모를 텐데? 장군까지는 아니더라도 나름대로 높은 지위를 약속하지."

"그 대신 여러 가지를 희생해야 할 테죠. 죄송하지만 사양하겠습니다."

자연스럽게 흘러나온 권유를 신도 가볍게 거절했다.

자유롭게 행동할 수 없는 군에 들어갈 생각은 없었다. 귀족이나 왕족 같은 신분 제도가 없는 세계에서 살아온 신은 그들의 생각을 이해할 수 없었던 것이다.

판타지 세계를 배경으로 한 게임이나 만화에서는 그런 사람들을 많이 봐왔지만, 이 세계에서 어떨지는 알 수 없었다.

"아쉽군. 상급 선정자를 아무 데서나 만날 수 있는 건 아니니까 말이지. 아, 도착했군."

그녀도 신이 받아들일 거라 생각하진 않은 것 같았다. 리온은 별로 아쉬워 보이지도 않는 얼굴로 어깨를 으쓱하더니 평범해 보이는 문 앞에서 멈춰 섰다.

"여기입니까?"

"싸우는 모습을 보이고 싶지 않다고 했었지. 장소를 바꾸겠다."

리온은 그렇게 말하며 문을 열어젖혔다. 안쪽에는 모험가 길드에서 본 것과 똑같은 전송 포인트가 있었다.

"전송을 사용할 겁니까?"

"그렇다. 길드에서도 그렇게 하지 않았나?"

그들이 전송되어 온 곳은 발크스와 싸운 장소와 달리 반경 100메르 정도의 원형 광장이었다.

"길드의 훈련장과는 많이 다르네요."

"선정자끼리의 전투를 위해 만들어졌다고 {알려진} 곳이다. 다른 사람은 아무도 없으니 마음껏 싸울 수 있지."

아무리 실력 테스트라 해도 선정자가 발휘한 『조금』의 힘이 일반 병사에게도 『조금』이라는 보장은 없었다. 하지만 이곳이라면 괜찮을 것이다.

"알려졌다고요?"

"그 외의 용도를 좀처럼 알아낼 수 없어서 말이지. 전송 포인트는 『영광의 낙일』 이전의 기술이고 우리도 아직 완전히 해석하지 못하고 있다. 이곳도 무엇을 위해 만들어졌는지 아직 밝혀지지 않았다. 다만 상당히 튼튼하게 만들어져서 말이지. 과거의 훈련장일 거라고 추정되고 있지."

신은 이제야 납득이 갔다.

지금까지 기묘하다고 생각해온 게 사실이었다. 전송 마법이 사라졌다고 하면서 전송 포인트는 아무렇지 않게 설치되어 있는 것이 말이다. 전송 포인트를 제작하려면 전송의 술식(術式)이 필요했다.

'이제 알겠어…… 원래는 어딘가의 길드 하우스였던 거로군.'

이 세계에서 길드라고 하면 보통 모험가 길드를 가리킨다. 하지만 게임 시절에는 플레이어들이 결성한 길드가 많이 있었고 그 수만큼 길드 하우스가 존재했다.

건물의 규모나 양식은 길드에 따라 제각각이었다. 성을 만들거나 점포를 그대로 길드 하우스로 사용하기도 하는 등 똑같은 모양의 건물은 하나도 없었다.

그리고 전송 포인트는 길드 하우스의 표준 설비 중 하나였다.

전에 방문했던 왕립 마법 도서관의 쓸데없이 강한 결계 스킬도 길드에서 설치한 것이라면 납득할 수 있었다. 아마 그것도 길드의 설비를 그대로 사용한 것이리라.

"자, 그럼 시작하자. 먼저 좋아하는 무기를 고르도록. 갈아 입을 옷이 필요하다면 이쪽에서 준비하지."

"아니요. 이대로도 괜찮습니다."

발크스와 대결했을 때처럼 바로 싸우는 건 아니었고 몇 메르 앞에 검과 창이 준비되어 있었다.

철제지만 날이 없었기에 일단은 훈련용 무기라 할 수 있었다. 물론 선정자의 근력으로 사람에게 휘두른다면 어지간한 부상으로 끝나진 않을 것이다.

"그럼 이걸 쓰겠습니다."

신은 몇 가지 무기 중에서 일반적인 한 손 검을 선택했다. 손질이 잘되어 있었지만 훈련용이라 무기의 완성도는 좋지 않았다.

한편 리온은 두꺼운 대검을 골랐다. 그녀는 무스페림처럼 검신이 2메르인 그 무기를 나뭇가지처럼 가볍게 휘둘렀다.

"현실에서 보니 위화감이 엄청나네."

게임 속이었다면 이렇게 느껴지진 않았을 것이다. 하지만 몬스터면 모를까, 여성의 날씬한 팔로 자기 키만 한 검을 가볍게 다루는 광경은 무척 기묘해 보일 수밖에 없었다.

본인은 준비 운동을 하고 있는 것이리라. 대검을 휘두를 때마다 공기를 가르는 소리가 신이 있는 곳까지 들려왔다.

하지만 계속 구경만 하고 있을 수는 없었기에 신도 가볍게 검을 휘두르며 몸을 풀었다.

두 사람은 준비가 끝나자 훈련장 중앙에서 서로에게 무기를 겨누었다.

"실력을 확인하는 싸움이다. 어느 정도는 힘을 내보이도록 해라."

"살살 부탁합니다."

신은 의욕 넘치는 리온에게 쓴웃음을 지어 보이며 대답했다.

심판은 가들라스가 맡았고, 어느 한쪽이 상대를 제압하거나 치명상이라 판단되는 공격이 들어간 순간 대결 종료였다.

물론 치명상을 입히기 직전에 공격을 멈춰야만 한다. 두 사람의 실력이라면 그 정도는 별것도 아니었다.

"그럼 시작!"

가들라스의 신호와 함께 리온은 앞으로 나섰다. 오른쪽 어깨에 짊어지듯 대검을 든 채 최단 거리로 신에게 돌격한 것이다.

한편 신도 똑같이 리온에게 돌진하고 있었다. 비스듬하게 내리치는 대검을 향해 허리 높이로 든 검을 맞부딪쳤다. 정통으로 부딪친다면 강도가 약한 신의 검이 부러질 것은 자명했다. 그래서 때릴 수 있는 건 검의 옆부분밖에 없었다.

챙! 하는 날카로운 소리와 함께 리온의 대검이 신에게서 빗겨갔다.

신은 한 걸음 더 나아가며 리온의 바로 앞까지 뛰어들려 했다. 하지만 다음 순간 신의 눈앞에 리온의 부츠 발이 날아들었다.

"으억."

신은 바로 머리를 숙여 발차기를 피했다. 그리고 뒤이은 주먹까지 피해내며 일단 거리를 벌렸다.

대검을 쳐내자마자 무기에서 손을 떼고 격투술로 반격한 것이다.

대검은 리온이 내리친 힘이 워낙 컸는지 지면에 비스듬하게 꽂혀 있었다.

선정자이기에 가능한 고속 전투였다. 일반인이라면 전혀 반응할 수 없었으리라.

"당황하지 않고 방금 공격을 피한 건가. 조금은 놀랄 줄 알았다만."

"아니, 당연히 놀랐는데요. 갑자기 무기를 버리고 격투술이라니, 예상조차 못 했습니다."

전투 중에 무기를 놓으면 안 된다는 법은 없지만 싸움이 시작되자마자 그러는 경우는 거의 없었다.

평범한 모험가가 그런 짓을 하다간 순식간에 칼을 맞을 것이다. 엄청나게 빠른 결단력이었다.

"쉽게 피해놓고 잘도 말하는군. 다음은 그렇게 되지 않을 거다."

리온은 지면에 박힌 대검을 다시 뽑아 들고 자세를 취했다. 더할 나위 없이 완벽한 자세였다.

선정자의 능력에 안주하지 않고 단련을 거듭해왔다는 걸 한눈에 알 수 있었다.

"다음은 제가 먼저 가겠습니다."

신은 그렇게 말하며 리온과의 거리를 좁혔다.

지금의 신은 지라트에게서 들은 정보를 토대로 능력치를 어느 정도 억제해둔 상태였다.

【리미트】를 통한 능력치 제한으로 STR과 AGI를 500 정도로 낮춘 것이다. 근접전 위주의 상급 선정자인 리온과 싸우려면 이 정도가 딱 적당했다.

신은 몸을 부딪칠 기세로 돌진해 검신의 아랫부분으로 리온의 대검을 밀어젖혔다.

"나와 힘겨루기를 하겠다는 건가."

"이래 봬도 완력에는 자신이 있거든요."

부들부들 떨리는 무기를 사이에 두고 신과 리온은 대화를 나누었다.

밀어내던 신의 검이 멈추었다. 아무래도 신의 말을 들은 리온이 힘 대결을 받아들이기로 한 것 같았다.

리온의 날씬한 팔에 힘이 들어가며 힘겨루기가 시작되었다.

시간만 있으면 신이 완전히 밀어낼 수 있을지도 모르지만 리온이라면 분명 그 전에 다른 수를 쓸 것이다.

'STR 500으로 호각인가. 역시 지라트야. 추측이 정확했군.'

상급 선정자의 능력치는 높은 항목도 500 전후일 거라고 지라트는 말했다.

"완력은 호각인가?"

"그런 것 같네요."

두 사람은 동시에 뒤로 물러나며 거리를 벌렸다.

신은 중단으로, 리온은 상단으로 검을 겨누었다.

"스킬을 사용해도 좋다. 사양할 것 없다."

"그러면 그 말에 따르죠."

리온과 신이 동시에 사용한 것은 보조계 무예 스킬 【조기(操氣)·활섬(活閃)】이었다.

신은 검을 허리 왼쪽으로 옮기고 검신 아랫부분에 왼손을 대며 몸의 중심을 낮추었다. 칼집 없이 행하는 발도술(拔刀術) 자세였다.

한편 리온은 자세를 바꾸지 않고 그 자리에 서 있었다. 신의 눈에는 리온의 몸을 뒤덮은 아우라가 더욱 날카로워지는 게 보였다.

보조계 무예 스킬을 사용한 강화는 사용 시점의 능력치를 토대로 적용되기 때문에 현재 신과 리온 사이에 강화에 따른 능력치 차이는 거의 없었다.

존재하는 건 단순한 기량의 차이뿐이었다.

"쉿."

먼저 움직인 사람은 신이었다. 그는 발을 미끄러지듯 움직이며 거리를 좁혔다.

신의 원래 능력이 발휘된 건 아니었지만 일반인의 눈으로는 인식할 수 없는 속도로 검이 리온을 향해 뻗어갔다.

리온 역시 신의 공격은 신경조차 쓰지 않으며 대검을 내리쳤다. 기를 날카롭게 폭발하며 발생하는 순간적인 가속이었다. 대검의 속도는 신의 공격보다도 빨랐다.

정통으로 맞으면 목숨을 잃을 수밖에 없었다. 신은 왼발에 힘을 주며 몸을 틀어서 머리 위로 날아드는 대검을 회피했다.

대검을 내리친 리온은 무기의 무게 때문에 바로 움직일 수는 없었다. 그래서 신은 옆으로 검을 휘둘렀지만 리온은 몸을 숙여 피해냈다.

"훗!"

리온은 몸을 숙이면서 신의 발을 걸어 넘어뜨리려고 했다.

신이 점프해서 회피했지만 리온의 추격은 멈추지 않았다.

그녀는 몸을 회전시킨 기세를 살려서 다시 한 번 몸을 빙글 돌리며 대검을 휘둘렀다.

공기를 가르는 소리와 함께 신을 향해 횡베기 공격이 들어갔다.

지면에서 살짝 점프했던 신은 다시 땅을 박차며 대검의 공격 범위에서 벗어났다.

리온은 공격이 벗어난 것을 보자마자 기세가 실렸던 대검을 딱 멈추었다.

원심력을 이겨내기 힘들었을 테지만 리온의 자세는 무너지지 않았다. 근접전 타입의 선정자다운 능력이었다.

'그것보다 방금 공격은 못 피했으면 그냥 죽었을 것 같은데……'

살의는 담겨 있지 않았지만 리온의 대검을 정수리에 맞고 무사할 리는 없었다.

리온의 방금 움직임을 보면 맞기 직전에 멈췄을 거라는 건 알 수 있었다. 하지만 대검이 지면에 박혔던 걸 보면 약간 불안해지는 것도 사실이었다.

신은 지금 방어력에는 능력치 제한을 걸어두지 않았다. 게임에서였다면 방금 전처럼 대검의 일격을 맞아도 상처 하나 입지 않았을 것이다.

하지만 신은 그것을 시험해볼 용기는 나지 않았다.

"아무래도 서로 비슷한 스타일인 것 같군. 반응 속도도 비슷하려나."

"그러네요. 승부를 내기는 어려울 것 같고, 이쯤에서 끝내지 않으시겠습니까?"

"그래? 난 좀 더 하고 싶은데."

리온은 아직 힘이 남은 듯했다.

"훈련용 검이라 얼마나 힘을 주어야 할지 감이 안 오거든요. 리온 님의 검도 휘어졌고요."

"음, 역시 버티지 못한 건가."

훈련용 검은 신과 리온의 힘을 견뎌낼 수 없었다.

그 증거로 리온이 든 대검은 날밑에서 30세메르 위쪽의 검신이 구부러지듯 휘어져 있었다. 부러지지 않은 게 오히려 신기할 정도였다.

신이 사용한 검도 검신이 일그러지고 대검과 부딪친 부분이 망가져 있었다.

"적어도 서로의 신체 능력에 대해서는 알 수 있었던 것 같은데요."

"이제 됐지 않습니까? 공주님과 호각을 이루는 완력에 반응 속도까지. 실력 테스트로는 충분할 테죠."

"너무 억지를 부릴 수도 없겠군. 알았다. 대련은 여기까지 하지. 내 고집을 받아준 것을 고맙게 생각한다."

두 사람이 싸우는 모습을 지켜보던 가들라스가 거들어주면서 대련은 종료되었다. 더욱 과열되면 위험할 거라고 직감적으로 판단한 것이다. 가들라스 역시 상급에 가까운 선정자지만 두 사람의 공격에 제대로 반응할 수 있을 거라는 자신은 없었다.

전투가 시작되고 많은 시간이 지나지는 않았지만 싸움을 멈추도록 권한 것도 그 때문이었다.

리온의 움직임을 따라갈 수 있다는 것만 봐도 신이 평범한 선정자가 아니라는 건 분명했다. 상급 선정자로 판단해도 문제 될 건 없었다.

"그러면 돌아가지. 그 검은 원래 놓여 있던 곳에 두면 된다."

"알겠습니다."

신은 엉망이 된 한 손 검을 원래 자리에 놓아두었다.

싸움을 시작하기 전부터 부족하리란 건 알고 있었다. 처음 검을 맞부딪쳤을 때 부서지지 않은 것만도 다행이었다. 아마 부딪친 각도가 좋았던 것이리라.

"그런데 잠깐 물어볼 게 있는데요."

"뭐지?"

"어째서 스컬페이스의 검을 들고 다니는 거죠?"

훈련장에 올 때도 당연한 듯이 들고 있었기에, 훈련용 검으로 대련한다고 했을 때부터 이상하다고 생각했던 것이다.

"이것 말인가……. 사실 베일리히트 왕국에는 남성이 여성에게 구혼할 때 검을 보내는 풍습이 있어서 말이지."

"……그것 참―(살벌하네)."

신은 리온에게 들리지 않도록 중얼거렸다.

'바람이라도 피우면 죽여버리겠다는 건가?'라는 생각이 들었던 것이다.

"만약 남편이 바람을 피우면 아내가 그 검으로 베어버렸다더군. 물론 지금은 형식적인 관습으로만 남아 있다."

"……정말이었을 줄이야."

생각지도 못한 정답이었다.

신은 첩을 들이는 것도 바람피우는 일에 해당되는지에 대한 쓸데없는 고민을 했다.

"실은 그래서 내 침실 벽에 날아와 박힌 이 검을 누군가가 내게 보낸 선물인 걸로 쳐서 가지기로 한 거다."

"그, 그건 억지 아닌가요?"

"괜찮다. 그렇게 하면 합법적으로 내 검이 되니까 말이지!"

"의외로 탐욕이 있네?!"

리온은 장난스럽게 말했지만 사실은 그녀의 신체 능력에 알맞은 무기가 없었기에 이 대검이 마음에 들었던 것이다.

이 세계에서 상급 선정자의 힘을 견뎌낼 수 있는 무기는 좀처럼 찾을 수 없었다. 있다 해도 대부분은 실력 있는 모험가나 유명한 기사들의 소유였다.

베일리히트 왕국에서 리온의 힘을 견뎌낼 수 있었던 건 국가를 상징하는 보검뿐이었다.

리온이 싸울 때마다 매번 보검을 갖고 나갈 수도 없었기에 어떻게 하면 좋을지 고민하고 있었다고 한다.

스컬페이스의 대검이라면 내구력도 충분했고 저주가 걸리지도 않았기에 마침 잘됐다 싶어 손을 쓴 것이다.

한 가지 덧붙이자면 만약 소유권을 주장하는 사람이 나타날 경우에 대비해서도 여러 가지로 대책을 세워두었다고 한다.

"혹시나 해서 물어보는 건데, 지금 제가 리온 님께 구혼한 걸로 되어 있습니까?"

"으음. 검을 보냈으니 그런 셈이지."

"대검을 날려 보냈던 건 정말로 우연인데……."

"알고 있다. 나도 억지로 강요할 생각은 없다. 신이 우리나라에 임관해준다면 든든할 테지만 기분을 상하게 해서 타국으로 보내버리면 죽도 밥도 안 되니까 말이지. 상급 선정자는 아군으로 두면 듬직하지만 적으로 돌리면 성가시기 이를 데 없다. 되도록 타국에는 임관하지 말아줬으면 하지만 이것만큼은 본인의 의사에 달려 있겠지."

"아직 그럴 생각은 없습니다."

"하지만 오히려 어디에도 속하지 않는 게 무섭다고 생각하는 자들도 있다. 언제 어떻게 행동할지 알 수 없으니까 말이지. 그런 걸 싫어하는 사람이 의외로 많거든."

상급 선정자는 몇 명만 있어도 군대와 필적할 수 있는 존재였다. 그래서 누구에게도 통제받지 않는 상태를 두려워하는 모양이었다.

"일단은 모험가 길드 소속인데 말이죠."

"그곳은 약간의 불이익만 감수하면 당장이라도 탈퇴할 수 있다. 뭐, 신이 그 소개장을 갖고 있다는 걸 길드에서 밝힌 덕분에 경솔한 행동을 하려는 자들을 말릴 수 있었지만 말이 지."

"그랬습니까? 성벽 문을 통과할 때 위병에게 보여주고 들어온 거라 그때부터 알려진 건 줄 알았습니다. 그때 길드에도 전해진 거고요."

"물론 거기서도 정보는 들어왔다. 하지만 위병들은 위조품을 정확히 알아볼 수 없지. 반면에 모험가 길드의 마스터가 인정했다면 이야기가 달라진다. 진품을 구분하는 방법이 있으니까 말이다. 판단의 기준으로 삼을 때는 보다 정확한 정보가 좋지 않겠나?"

"확실히 그러네요. 그런데 그 경솔할 뻔했다는 사람들은 대체 무슨 짓을 벌이려 했던 거죠?"

대충 예상은 되었지만 신은 일부러 물어보았다.

"침실에 검이 날아와 박힌 일을 구실로 체포해서 죗값을 치르는 대신 임관시키려 했다."

"……뭐, 일부러 한 일은 아니지만 자칫 잘못하면 사상자가 발생했을지도 모르니까요."

벽에 날아와 박힌 것이 그나마 다행이었다.

"그렇지만 이 일의 원인이 된 스컬페이스는 고유 개체였을 테지? 그렇다면 여유를 부릴 만한 상황은 아니었을 거다. 쓰러뜨리지 못하고 놓쳤다면 어느 정도의 피해가 발생했을지 몰라. 그때는 고유 개체를 상대할 수 있는 모험가가 도시에 남아 있지 않았으니까 말이지. 확실한 정보가 수집될 때까지 피해가 속출했을 거다. 오히려 내가 감사하고 싶다."

"네…… 어쨌든 죄인 취급을 받지 않는다면 됐습니다."

"후훗, 그래도 되겠나? 이럴 땐 생색을 내는 게 좋지 않겠어?"

"왕족에게 생색을 낼 만큼 간이 크진 않거든요. 그런데 결국 그 이야기가 대검과 무슨 상관이 있다는 겁니까?"

"아아, 그래서 말이지. 다시 한 번 정식으로 이걸 내게 양보해주었으면 한다."

리온은 그렇게 말하며 무스페림이 든 케이스를 들어 보였다.

"저기, 아까 이미 리온 님의 물건이 되었다고 하지 않았습니까?"

"검을 보낸 사람이 이렇게 나타났으니 약혼할 수 없다면 다른 방법을 강구할 수밖에. 애초에 받은 물건으로 규정해서 내 관리하에 둔 건, 물론 이 검을 갖고 싶어서이기도 했지만, 아까 말한 경솔한 자들의 손에 넘길 수 없었기 때문이었거든."

"뭐랄까, 정말 못된 사람들이군요."

"나로서도 부정할 수 없다."

국가의 상층부도 결속이 튼튼하지는 않은 것 같았다. 특권계급이 늘 그렇듯 귀족들 사이에서 부패가 발생하고 있는 건지도 모른다.

"즉, 약혼이 아니라 단순히 선물을 함으로써 리온 님은 정식으로 강력한 무기를 손에 넣고, 저는 나라의 간섭을 피할 수 있다는 거군요."

"물론 검의 가격은 내 개인적으로 확실히 치르겠다. 이 검의 가치가 더 크다는 것도 충분히 알고 있다. 하지만 부디 이걸 내게 양보해줬으면 한다!"

마지막 말은 애원에 가까웠다. 어쩌면 제대로 쓸 수 있는 무기가 없어서 서러운 일을 당한 경험이 있는 건지도 모른다. 신이 그런 생각을 할 만큼 리온은 필사적이었다.

실력에 걸맞은 무기가 없으면 진짜 힘을 발휘할 수 없다. 리온은 그것을 잘 알고 있는 것이다.

"저는 그저 지금까지 했던 것처럼 모험가 일을 계속하고 싶은 것뿐이니까 쓸데없는 간섭을 받지 않을 수 있다면 조건을 받아들이겠습니다. 다만 혹시 가능하다면 마법 도서관에서 따로 허가가 필요한 구역을 열람할 수 있게 해주시겠습니까?"

"정말 그것만으로 되겠나? 사양할 필요는 없다."

이쪽 세계의 상식으로 보면 전설급 무기는 엄청나게 귀중했다.

"지금 제가 원하는 건 돈이 아니라 정보입니다. 정보란 건 무기와 달리 돈만 내면 얻을 수 있는 게 아니니까요."

"그건 나도 알지만…… 흐음. 뭐랄까, 욕심이 없는 거로군.

신은."

리온은 조금 어이가 없다는 듯이 말했다.

물론 정보가 황금보다 귀중할 때도 있다. 하지만 전설급 무기만큼 귀중한 정보는 절대 흔하다고 할 수 없었다.

리온도 도서관의 제한 구역에 들어간 적이 있지만 신이 어떤 정보를 원하는지 짐작조차 할 수 없었다.

"스컬페이스를 쓰러뜨린 사람은 신이다. 날아와 꽂힌 장소 때문에 일이 복잡해지긴 했지만 원래 소유권은 신에게 있다고 할 수 있지. 이 검 한 자루만 있으면 아마 평생 놀고먹을 수 있는 거금을 손에 넣을 수 있을 거다. 아니, 오히려 돈이라면 얼마든지 줄 테니 제발 팔아달라고 애원하는 사람들이 넘치겠지. 그런 물건을 선뜻 양보해준다고 하니 뭔가 다른 속셈이 있는 게 아닌지 의심이 생기는군."

"제가 그만큼 정보를 중요하게 생각하고 있다는 거겠죠."

리온은 신의 말을 듣고 뭔가 사연이 있는 것 같다고 생각했다. 하지만 그걸 이 자리에서 추궁할 수는 없었기에 굳이 물어보지는 않았다.

"그러면 거래가 성립되었다고 봐도 되겠죠?"

"물론이다. 솔직히 말하면 이미 몇 번 사용했거든. 이제 막 손에 익기 시작한 참이었지."

"……."

역시 처음부터 자기가 가질 생각이었던 모양이다.

물론 신에게 알리지 않고 마음대로 꿀꺽해도 몰랐을 테니 신은 정직하게 교섭에 나서준 그녀에게 호감이 느껴졌다.

게다가 성가신 이야기에 휘말리지 않을 수 있다면 신은 전설급 대검 정도야 얼마든지 내줄 수 있었다.

"도서관의 허가증은 나중에 보내주겠다. 어디에 묵고 있지?"

"서쪽 지구에 있는 혈웅정이라는 여관입니다."

"알았다. 가들라스, 처리를 부탁한다."

"알겠습니다."

리온이 지시하자 지금까지 잠자코 있던 가들라스가 대답했다.

"신 공. 이번 일에 대해서는 나도 감사를 표하오. 이제 공주님도 마음껏 싸우실 수 있을 거요."

"아니요, 고맙다는 말을 들을 만한 일은 아닙니다. 서로에게 유익한 거래였으니까요. 그리고 혹시나 해서 물어보는 건데, 아까 말한 경솔한 사람들이 멋대로 제게 접근하면 그냥 쓰러뜨려도 괜찮겠죠?"

"우리도 최대한 신경을 쓸 테지만, 만약 그런 일이 생긴다면 사양 말고 혼내주게. 상급 선정자를 협박하려 드는 바보는 이제 없을 거라고 생각하네만 자신에게 유리한 부분만 보고 행동하는 자들이 꼭 있는 법이지."

가들라스는 힘 있게 고개를 끄덕였다. 만약 그런 일이 생기면 관련자들은 분명히 처벌을 받을 것이다.

"전례가 있습니까?"

"있다. 전에 신처럼 상급 선정자로 확인된 실력자가 있었는데 어떤 바보들이 그자의 가족을 인질로 삼아 자신들의 요구 사항을 강요했던 적이 있었지."

"……솔직한 감상을 말해도 될까요?"

"마음껏 말하도록."

"바보들이군요."

"그렇게 생각하지? 게다가 그 사건 때는 배후에 있던 귀족부터 직접 행동한 인원까지 전부가 살해당했다. 저택도 파괴되었지. 그 선정자는 가족들과 관련된 일에는 자비가 없었거든. 물론 본인이 그랬다는 증거는 없지만 말이다."

"우와……."

범인들은 상응하는 보복을 받은 모양이었다. 덧붙이자면 외부에는 반란을 일으키려 한 귀족을 왕국군이 토벌한 걸로 알려졌다고 한다.

"뭐, 뭐, 저는 그냥 지금처럼 살 수 있으면 만족하니까 그 부분은 잘 부탁드립니다."

"그래. 공주님만큼은 안 되겠지만 나도 최대한 힘써보겠네."

가들라스는 한 번 더 힘주어서 고개를 끄덕였다. 그 옆에서는 리온도 자신에게 맡겨놓으라는 듯이 고개를 끄덕거리고 있었다.

움직일 사람은 움직일 테지만 왕족이 한편이라는 것만으로도 마음이 든든했다. 신은 못된 귀족이 나타나면 바로 신고해야겠다고 생각했다.

"그렇지. 너무 금방 돌려보내면 강경파 녀석들이 시끄럽게 굴거든. 차라도 마시고 가는 게 좋겠군. 그 스컬페이스에 대한 이야기를 들려주지 않겠나?"

"그 정도야 어렵지 않죠."

신 일행이 전송 포인트를 통해 성으로 돌아오자 실내에 누군가가 있었다.

초로(初老)에 접어든 나이에 남성치고는 몸집이 작은 인물이었다. 흰색과 파란색이 섞인 사제복을 입은 걸 보면 제법 지위가 높은 신관인 것 같았다.

이상한 점이 있다면 그 자리에 나타난 리온에게는 눈길조차 주지 않고 전송 포인트의 조작판을 만지고 있다는 점이었다.

전송 포인트에 설정된 목적지가 많을 때는 조작판을 통해 지정할 수 있었다.

전에 모험가 길드에서 발크스와 싸울 때 그런 조작을 하지 않았던 건 제2 훈련장은 길드 마스터의 권한 없이 갈 수 없었고 이미 행선지가 고정되어 있었기 때문이었다.

덧붙이자면 길드 마스터의 권한이 발동되지 않은 평소에는 일반 모험가를 위한 제1 훈련소에만 갈 수 있었다.

"저건 그레릴 추기경? 대체 뭘……?"

리온은 멍하니 중얼거렸다.

신은 교회와 왕성 사이의 연락책인가 생각하며 추기경이라 불린 인물을 돌아보았다.

하지만 다음 순간 【애널라이즈】로 표시된 능력치를 보고 신의 얼굴이 딱딱하게 굳었다.

—【그레릴 다레스 레벨 161 신관】

—부여 효과: 【참(매료)·Ⅳ】【콘퓨(혼란)·Ⅲ】

게임 시절에는 성가신 상태 이상일 뿐이었지만 현실이 된 지금은 매우 위험하다는 걸 누구나 알 수 있었다.

그런 상태 이상을 2가지나 걸린 인물이 전송 포인트의 조작판을 건드리고 있는 것이다.

"참하고 콘퓨에 걸렸어! 저 녀석을 막아!!"

신은 외치면서 즉시 달려나가려 했다. 하지만 신이 한 걸음 나아가기도 전에 그레릴의 조작이 끝났다.

"윽?!"

신의 눈앞이 일그러졌다. 일반적인 전송에서 느껴지지 않는 불쾌감이 지나가자 신의 주위 풍경이 완전히 달라져 있었다.

†

"……이럴 수가."

주위에 펼쳐진 광경은 한마디로 폐허였다. 엉망이 된 가옥과 흩어진 잔해가 아무도 살지 않는 곳이라는 걸 말해주었다.

신은 보조계 스킬 【천리안】으로 주위 정보를 수집하려 했지만 희미한 마력이 느껴지는 옅은 안개 탓에 멀리까지 내다볼 수가 없었다.

완전히 무너지지 않은 건물도 많았지만, 대부분 벽에 커다란 구멍이 뚫려 있거나 2층 부분이 통째로 날아가 있는 등 누가 봐도 자연 풍화와는 거리가 멀었다.

깨진 유리와 망가진 마차. 그리고 사람이나 말이 아닌 존재의 발자국을 볼 수 있었다.

"으…… 대체 무슨 일이……."

신이 고개를 돌리자 리온이 이제 막 몸을 일으키고 있었다.

가들라스와 그레릴의 모습은 보이지 않았다.

신과 리온만 전송된 것일까, 아니면 다른 두 사람도 다른 장소로 날려 보내진 것일까. 신은 제대로 판단할 수 없었다.

"아무래도 어딘가로 날려 보내진 모양입니다. 리온 님은 뭐 아시는 게 없습니까?"

"전송이라……. 그 전송 포인트를 통해 갈 수 있는 장소 중에서 이렇게 황폐한 곳이라면……. 아마, 아니, 틀림없이 이곳은 성지 카르키아로군."

"설마 위험한 몬스터들이 득실거린다는 그곳이오?"

"그렇다. 우리를 이곳에 있는 몬스터들로 처리하려 한 건지도 모르겠군."

성지 안에는 레벨이 500이 넘는 강력한 몬스터들이 배회하고 다닌다는 말을 신도 들은 적이 있었다.

아무리 리온이 상급 선정자라 해도 아무 준비도 없이 이곳에 와서 무사할 거라는 보장은 없었다. 물론 신이 옆에 없다면 말이다.

"이곳에 있는 건 우리뿐인가?"

"네, 적어도 근처에는 아무도 없습니다."

"그러면 이쪽에 날려 보내진 건 우리 두 사람뿐이겠군. 한 번의 전송으로 여러 장소에 보낼 수는 없으니까 말이지."

"결국 가들라스 씨는 저쪽에 남아 있다는 건가요."

방 안에 있던 모두가 전송되지 않은 게 다행이었다.

"어쨌든 카르키아에서 나가죠. 심화는 사용할 수 있습니까?"

"아니, 공교롭게도 모험가 카드를 갖고 있지 않다. 신은 어떻지?"

"일단 사용할 수 있는 상대는 있지만 현재 상황을 성에 알려도 가들라스 씨 말고 누가 믿어줄지는……. 애초에 왕궁에서 상대해주지 않을지도 모릅니다."

심화를 사용할 수 있다는 건 되도록 알리고 싶지 않았지만 지금은 어쩔 수 없는 긴급 상황이었기에 신은 솔직하게 이야기했다.

일반인이 왕성에 가면 성문을 통과하기도 어려울 것이다. 슈니가 정체를 밝히게 하면 이야기가 달라질 테지만 그렇게까지 하고 싶지는 않았다.

슈니와 직접 연락을 취하는 사이라는 게 알려지면 신은 단순한 상급 선정자로 취급되지 않을 것이다.

물론 이런 생각까지 할 여유가 있는 건 신만 있으면 리온의 안전이 확보되기 때문이었다.

"저쪽이 어떻게 되었는지만이라도 알고 싶군. 그레릴 추기경은 가들라스가 제압했을 테니 다행히 신에게 피해가 가진 않을 거다."

"저도 놀랐습니다. 설마 신관이 저런 위험한 상태 이상에 걸려 있을 줄이야……."

게임에서는 아바타를 조작할 수 없게 되는 것뿐이지만 이쪽 세계에서는 그 정도로 끝나지 않았다. 적어도 제대로 된 정신 상태를 유지하는 것 자체가 불가능했다.

게다가 타이밍을 보면 신과 리온이 훈련장에서 돌아오는 순간을 노린 게 분명했다.

"무슨 일이 벌어지고 있는 거지……."

신은 살짝 한숨을 쉬며 중얼거렸다.

"동료에게 합류 장소를 전해두고 싶은데, 혹시 근처에 적당한 도시가 있습니까?"

"그렇다면 요새 도시 바르멜이 좋겠군. 우리가 베일리히트 쪽으로 가든, 그쪽에서 우릴 찾아오든 반드시 지나야 하는 곳이다."

"알겠습니다. 동료들에겐 바르멜에서 만나자고 전해두죠."

신은 리온에게 고맙다고 말하며 슈니와 심화를 연결했다.

익숙한 연결음이 몇 초 동안 이어지다 다른 사람의 의식과 연결되는 느낌이 들었다.

『아, 슈―.』

『신! 지금 어디 있는 거예요?!』

『으억?!』

이름을 부르기도 전에 슈니가 큰 소리를 지르자 신은 이상한 소리를 내고 말았다. 그와 동시에 몸이 크게 움찔했다.

슈니는 신이 먼 곳으로 전송된 것을 가장 빨리 눈치챘으리라. 그녀의 목소리는 평소답지 않게 당황한 기색이 역력했다.

『괜찮은 건가요?! 대답해주세요!!』

『잠깐, 슈니. 괜찮으니까 일단 진정해줘. 사정은 지금부터 설명할게. 다시 한 번 말하지만 난 괜찮아.』

신은 최대한 멀쩡한 척을 하며 말을 이어갔다.

몇 번 말을 주고받는 사이 슈니도 간신히 진정된 것 같았다.

『—죄송해요. 이제 괜찮아요.』

『그러면 됐어. 그건 그렇고 슈니답지 않게 많이 당황하던데.』

『그건, 저기…… 신이 또 사라져버린 게 아닌가 싶어서요.』

『……미안. 내가 쓸데없는 걸 물어봤네.』

겉보기에는 침착한 슈니에게도 불안정한 구석이 남아 있었다.

어쩌면 신과 재회하면서 그런 불안정한 부분이 겉으로 드러나기 시작한 건지도 몰랐다.

아무리 레벨이 높고 몸이 튼튼해도 슈니 역시 한 명의 여성이었다. 능력치가 높다고 해서 마음까지 강해질 수 있는 건 아니었다.

『그래서 대체 어디에 계신 건가요? 제가 감지할 수 있는 범위 내에는 없는 것 같은데요.』

『아아, 훈련소에서 둘째 공주님과 대련을 한 뒤에 성에 돌아오자마자 강제로 전송을 당했어.』

『전송 말인가요. 그래서 갑자기 반응이 사라진 거군요.』

『지금은 그 둘째 공주하고 같이 있어. 그런데 공주의 이야기로는 우리가 지금 성지 카르키아에 와 있다고 해.』

『왕성에서 유일하게 전송할 수 있는 성지군요……. 하지만 그곳으로 전송하려면 분명 허가가 필요했을 텐데요.』

슈니는 왕성 내의 전송 포인트에 대해서도 파악하고 있는 것 같았다.

『우리를 전송시킨 건 그레릴 추기경이라는 할아버지야. 랭크는 낮았지만 매료와 혼란 상태에 걸려 있었어.』

『그렇군요. 그레릴 추기경이라면 성지를 행선지로 선택할 수 있었겠죠. 그렇지만 매료와 혼란이라니…….』

슈니의 말에 따르면, 그레릴 추기경은 베일리히트 왕국의 교회에서 수행을 쌓아 추기경의 자리까지 올라간, 신앙심이 투철한 인물이다.

신이 예상한 대로 교회와의 연락책을 겸해서 왕성에 체류하고 있는 것 같았다.

자력으로 【정화】를 습득할 정도의 인물로 전투력도 일반인 치고는 상당하다고 한다. 조금만 들어도 매료나 혼란과는 거리가 먼 인물이라는 걸 알 수 있었다.

『저주에 걸린 아이템 같은 걸 정화하려다 실패한 게 아닐까?』

『그런 것치고는 행동이 너무 정확해요. 누군가에게 조종당하고 있다는 게 자연스럽겠죠.』

신이 의견을 말하자 슈니는 단호하게 부정했다.

『뭐 짚이는 거라도 있어?』

『제가 아는 범위 내에서는 딱히 생각나는 게 없네요. 애초에 매료와 혼란 같은 정신 간섭계 스킬은 금기시되고 있어요. 보유하고 있는 것만으로도 왕족까지 처형당하니까요.』

『아, 역시 그랬군.』

신은 슈니의 말에 납득했다.

역시 사람의 마음을 조종하는 스킬은 위험시되고 있는 것 같았다. 왕족에게도 금지된 걸 보면 얼마나 철저한지 알 수 있었다.

그런 스킬 혹은 아이템을 사용하는 자가 성에서 일하고 있을 리는 없었다.

그렇다면―.

『숨어 있는 녀석이 있는 거로군.』

『네. 틀림없이 그럴 거예요.』

신과 슈니의 뇌리에 똑같은 단어가 떠올랐다. 이 세계에 존재하는 7개 인종과는 기원을 달리하는 적대자의 이름이었다.

『난 한동안 돌아갈 수 없어. 미안하지만 그쪽은 슈니에게 맡겨도 될까?』

전송 스킬을 사용하는 방법도 있었다.

하지만 사라졌다고 알려진 마법을 쓸 수 있다는 게 알려지면 리온은 절대 신을 놓아주지 않을 것이다. 상황을 쓸데없이 복잡하게 만들 필요는 없었다.

『괜찮아요. 좋은 기회니까 티에라에게도 알려줘야겠네요.』

『부탁할게.』

『맡겨주세요. 공주에 대한 것도 왕에게 전달해둘게요.』

슈니라면 누구에게도 들키지 않고 왕과 접촉할 수 있었다.

적당한 이유를 대며 공주가 무사하다고 알리면 혼란은 수습될 것이다. 그렇게 되면 성에 숨어 있는 자도 활동하기 어려워진다.

『그러면 결과는 나중에 알려드릴게요. 합류 장소는 어떻게 할까요?』

『바르멜이 적당한 것 같아. 그쪽에서도 확실히 지나게 된다고 하니까 거기서 합류하자.』

『알겠습니다.』

세세한 결정 사항을 합의한 뒤에 신은 심화를 끊었다.

베일리히트는 슈니에게 맡기기로 한 그는 다시금 리온 쪽을 돌아보았다.

밀폐된 폐허 | Chapter 3

신과의 심화를 마친 슈니는 바로 행동에 나섰다.

　성에 간 지 반나절도 되지 않아 신의 반응이 사라졌을 때는 굉장히 애를 태웠지만, 심화가 끝난 뒤에는 평소 같은 냉정함을 되찾을 수 있었다.

　"쿠우?"

　무슨 일이냐고 묻는 유즈하에게 슈니는 간단히 사정을 설명했다.

　"쿠우! 유즈하, 그거 싫어!"

　자신을 괴롭힌 독기와 관련된 상대인 만큼 유즈하도 적의 존재를 용서할 수 없는 것 같았다.

　슈니는 어깨에 올라탄 유즈하와 함께 여관 밖으로 나왔다.

　스쳐 지나가는 사람들이 슈니의 미모에 넋을 잃고 걸음을 멈추었지만 마법 스킬로 변장한 상태였기에 아무도 슈니라는 걸 알아보지 못했다.

　슈니는 남자들 사이를 멋지게 가로지르며 티에라가 있는 곳에 금방 도착했다.

　입구 문을 열자 일상생활에서는 맡을 수 없는 냄새가 감돌았다.

아무래도 연금술과 관련된 가게 같았다. 섬뜩한 색의 나뭇잎과 말린 생물이 놓여 있는가 하면 옆에는 특수한 촉매가 되는 아이템들이 진열되어 있었다.

한편 티에라는 여러 종류의 종이가 놓여 있는 곳에서 그것들을 진지하게 살펴보고 있었다.

"티에라. 티에라?"

"……."

아무래도 상당히 집중하고 있는 것 같았다. 슈니가 말을 걸어도 전혀 반응이 없었다.

슈니는 어쩔 수 없이 티에라의 어깨를 가볍게 잡으며 귓가에 대고 이름을 불렀다.

"……티에라."

"네엣?!"

티에라는 갑작스러운 일에 놀랐는지 펄쩍 뛰며 대답했다.

"스, 스승님~. 깜짝 놀랐잖아요."

"집중하는 것도 좋지만 주위에도 신경을 써야죠. 제가 부르는데도 듣지 못했잖아요."

"으으, 죄송해요……."

티에라는 고개를 숙이며 사과했다. 기분 탓인지 긴 귀도 아래로 처져 있는 것 같았다.

"앞으로 주의하면 됐어요. 티에라에겐 미안하지만 급한 일이 생겼어요. 이제부터 같이 가줘야겠네요."

"급한 일…… 이라고요?"

"네. 잠깐 왕성에 갈 거예요."

왕성이 잠깐 갔다 올 만한 장소가 아니라는 건 티에라도 알 수 있었다. 달의 사당에 있던 시절이라면 틀림없이 큰 소리로 지적했을 것이다.

하지만 신과 함께 행동하면서 그 정도로는 놀라지 않게 되었다.

"……나한테 내성이 생겼나 보네."

'역시 스승님은 신하고 같은 과예요' 하고 마음속으로 중얼거릴 만큼의 여유가 있었다.

"여기서 할 만한 이야기는 아니에요. 일단 밖으로 나가죠."

"알겠습니다."

발걸음을 돌리는 슈니를 티에라가 뒤따랐다. 사실 그녀도 특별히 무언가를 사러 온 것은 아니었다.

왕성으로 이어지는 길을 걸어가며 슈니는 어떻게 된 일인지를 설명했다.

"……그러면 이제부터 그걸 쓰러뜨리러 가는 건가요?"

"맞아요. 티에라도 이제 밖에 나올 수 있게 되었으니까 {그것}과 엮이지 않으리란 보장은 없어요. 두 눈으로 직접 보고 그게 어떤 존재인지를 알아두는 게 좋을 거예요."

자기 구역을 지키거나 먹기 위해 사람을 습격하는 몬스터와는 달랐다. 아이템이나 돈을 빼앗는 강도들과도 달랐다. 그들은 사람을 괴롭히고 타락시키는 적대자였다.

"【데몬】이라는 존재를 알아두기에는 좋은 기회예요."

—데몬.

그것은 독기에서 생겨난다고 알려진 몬스터였다.

다른 몬스터와 비교했을 때 가장 큰 차이점은 독기가 맴도는 장소에서도 능력 제한을 받지 않고 오히려 강해진다는 점이었다.

또한 데몬이 있는 장소에서는 독기로 인해 일반 몬스터들이 변화하기도 한다. 똑같이 독기에 침식당한 구역에서도 데몬의 존재 유무에 따라 난이도가 바뀌는 것이다.

일반적으로 몬스터가 독기에 침식당하면 제정신을 유지하기 힘들었다.

고레벨 몬스터라면 모를까, 레벨이 낮은 몬스터라면 거의 저항조차 하지 못하고 변화되고 만다. 『인베이드』라 불리는 몬스터로 모습이 바뀌는 것이다.

그 뒤에는 피아 구분 없이 주위 생물들을 공격하는 존재가 되고 만다.

외형적인 변화는 마소에서 생겨난 몬스터의 몸이 독기로 전환되면서 일어난다고 한다.

그래서 설령 독기를 제거해도 몬스터의 모습이 원래대로

돌아오지는 않는다.

그리고 피아 구분을 못 하게 되지만 독기의 영향 때문인지 데몬에게는 복종하는 경우가 많았다.

또한 독기는 몬스터 외에 이 세계의 일곱 종족에게도 효과를 발휘했다.

게임의 설정에 따르면 몬스터처럼 모습이 변화하지는 않았다. 하지만 독기 안에 있으면 능력치 제한이나 상태 이상 같은 디버프를 받게 된다.

디버프 정도는 본인의 레벨이나 종족, 독기의 농도에 따라 달라지지만 강화된 데몬과 싸울 때는 상당히 성가신 족쇄가 되었다.

게임 시절에는 퀘스트의 보스로 등장하거나 몬스터를 이끌고 도시를 공격하는 등 여러 장면에서 나타나고는 했다.

인간 형태에 가까울수록 전투력과 지능이 모두 높다는 설정이었고 고위 데몬이 되면 하위 데몬을 부리기도 한다. 복잡한 던전과 퀘스트에는 반드시 출몰하는 몬스터였다.

강한 정도에 따라 계급이 정해져 있었고, 대공(그랜드 듀크)급, 공작(듀크)급, 후작(마퀴스)급, 백작(카운트)급, 자작(바이카운트)급, 남작(바론)급, 기사(나이트)급으로 분류되었다.

참고로 이것은 게임의 설정으로 존재하는 지표이며 데몬의 전투력을 대략적으로 나타낸 것이다.

"아마 배후에는 백작급이 있을 거예요."

"알 수 있으세요?"

적의 계급을 예상하는 슈니에게 티에라가 물었다.

티에라도 데몬의 존재는 지식적으로 알고 있었다. 하지만 슈니에 비하면 모르는 게 너무 많았다.

"간단한 소거법을 사용한 거예요. 후작급 이상이라면 굳이 둘째 공주를 전송시키지 않아도 기습 공격으로 나라 전체를 멸망시킬 수 있어요. 남작급 이하의 경우는 거기까지 생각할 수 있는 지능이 없고요. 어느 정도 레벨이 높은 백작급이라 생각하는 게 타당하겠죠."

"그렇군요. 그런데 레벨은 어느 정도인가요?"

"글쎄요. 최소 300, 최대 400쯤 되려나요."

성지에서 공주가 죽으면 좋고, 죽지 않더라도 혼란을 틈타 자신의 목적을 달성하려는 것이다. 슈니의 설명을 들으면서 티에라는 생각했다.

"그런 레벨인데도 딱 중간 계급이네요……. 그보다도 저기, 스승님? 저는 아직 그 최소 레벨의 절반도 안 되는데요."

선정자처럼 전투력이 강하지 않은 티에라가 레벨이 200 넘게 차이 나는 상대와 싸우는 건 자살행위였다. 카게로우가 있다고 해서 티에라의 전투력까지 올라가는 건 아니었다.

"괜찮아요. 오늘은 어디까지나 견학일 뿐이니까요."

"견학……."

싸우지 않아도 되는 걸 기뻐해야 하는 걸까. 아니면 그런 소리를 하는 스승을 보며 어이없어해야 하는 걸까.

어느 쪽이든 간에 뭔가 이상하다고 생각하며 티에라는 미간을 찡그렸다.

그런 티에라의 걱정을 아는지 모르는지, 슈니는 성을 향해 계속 걸어갔다.

공주가 전송되었다는 소식을 듣고 티에라는 왕성이 혼란에 빠져 있지 않나 생각했지만 문지기는 별로 당황하는 것 같지 않았다.

"스승님. 우리는 허가증도 없는데 괜찮을까요?"

"괜찮아요. 애초에 문을 통해 들어가진 않을 거거든요."

"네?"

슈니의 말에 티에라는 머리 위로 물음표를 띄웠다.

하지만 정작 슈니는 문과 다른 방향으로 나아가고 있었다.

티에라는 무슨 목적인지도 모르는 채로 슈니를 따라갈 수밖에 없었다.

한동안 벽을 따라 나아가던 슈니는 주위에 사람이 없어지자마자 마법 스킬을 발동했다.

"【하이딩(은폐)】."

그 효과로 두 사람의 모습이 사라졌다. 슈니의 메인 직업인 【쿠노이치】의 보너스 효과도 겹쳐져서 어지간하면 들키지 않을 것이다.

"모습을 감춘다면…… 설마?"

"지금 티에라가 생각하는 게 맞을 거예요. 잠깐 뛰어오를 테니까 꽉 잡도록 해요."

슈니는 그렇게 말하며 티에라를 안아 들고 땅을 박찼다.

"어, 윽—."

슈니와 티에라는 바닥을 부수지도 않고 가볍게 떠오른 것처럼 보였다.

하지만 슈니는 괜찮을지 몰라도 티에라는 갑작스레 밀려오는 풍압에 비명조차 지르지 못하고 있었다.

비명을 지른다 해도 어차피 은폐 효과 때문에 아무에게도 들리지 않을 테지만, 할 수만 있다면 조금이나마 마음의 준비를 할 시간을 갖고 싶었다.

"역시 한 발로는 부족하네요."

티에라가 무슨 생각을 하든 상관없이, 슈니는 냉정하게 벽 위까지의 거리를 계산하고 있었다. 티에라를 안아 들고 도약했기에 이대로는 꼭대기까지 닿을 수 없었던 것이다.

슈니는 어쩔 수 없이 벽에 발을 대고 있는 힘껏 걷어찼다.

이동계 무예 스킬 【벽 달리기】였다. 일정 걸음만큼 수직으로 된 벽이나 천장을 달릴 수 있는 스킬로 발밑을 확보한 것이다.

슈니는 그 한 걸음으로 다시 한 번 몸을 날려서 소리도 없이 벽 위에 내려섰다.

"스승님, 방금 이상하게 뛰지 않으셨나요?"

"벽을 발판으로 삼을 수 있는 스킬이에요. 편리하죠."

"그, 그렇군요……."

평지에서의 전투 훈련이 대부분이었던 티에라로서는 벽을 발판으로 삼을 기회가 과연 있을지 알 수 없었다. 혹시 직업과 관련이 있는 것일까.

전에 티에라는 슈니의 직업에 대해 물어본 적이 있었지만 비밀이라는 대답만 돌아왔다.

"자, 그러면 내려갈게요. 꽉 잡지 않으면 위험할 거예요."

슈니는 생각에 잠겨 있던 티에라를 안은 채로 조금도 주저하지 않고 공중에 몸을 날렸다.

"아, 네에에에에에에엣!"

티에라가 갑작스러운 낙하에 비명을 질렀지만 슈니는 전혀 신경 쓰지 않았다. 이 정도는 신과 함께 행동하면 자주 있는 일이었다.

웬만한 빌딩 높이에서 뛰어내렸음에도 슈니는 벽 위에 내려설 때처럼 소리도 없이 착지했다. 그리고 안아 들고 있던 티에라를 내려주더니 발소리도 내지 않고 바로 걸어가기 시작했다.

바닥에 무릎을 꿇고 가슴에 손을 대며 숨을 헐떡이던 티에라에게 슈니의 무자비한 말이 들려왔다.

"자, 성에 잠입할 거예요."

"네, 네엣……."

지난날의 스파르타식 훈련을 떠올리며 티에라도 슈니의 뒤를 따랐다.

'신이 돌아와도 스승님은 스승님이었어…….'

티에라가 그렇게 생각하고 있다는 걸 슈니가 알 리는 없었다.

†

두 사람은 그대로 성 내부를 향해 나아갔지만 몰래 침입하는 것치고는 상당히 당당하게 걸어갔다.

벽에서 조금 떨어진 성의 정면을 통해 들어가서 기사와 문관 들이 오가는 통로를 나아갔다. 마치 아무것도 없는 평원을 걸어가는 것 같았다.

"저기, 어디로 가는 건가요?"

"지하 감옥이에요. 그레릴 추기경의 상태 이상을 회복시킬 거예요."

"저기, 데몬을 먼저 쓰러뜨리지 않아도 되나요?"

"괜찮아요. 이미 위치를 파악해두었으니까요."

"스승님, 정말 굉장하세요……."

담담하게 대답하는 슈니를 보며 티에라는 생각했다. 데몬은 이제 끝장이라고.

순찰이나 경비를 맡은 병사들은 분명히 있었다.

하지만 슈니의 은폐 스킬을 꿰뚫어볼 수 있을 만한 실력자가 있을 리 없었고, 설령 있다 해도 대낮 성내에서 순찰을 돌고 있지는 않을 것이다.

너무 간단하게 잠입하다 보니, 슈니의 실력을 잘 아는 티에라도 이렇게 쉬워도 괜찮은가 하는 느낌이 들었다.

아무리 데몬이라도 이런 전개는 예상하지 못했을 것이다.

그리고—.

"도착했어……."

두 사람은 결국 몇 분 만에 지하 감옥으로 이어지는 문 앞에 도착했다.

튼튼해 보이는 문은 강해 보이는 기사 2명이 지키고 있었다. 하지만 슈니가 다가가자 힘이 풀린 것처럼 벽에 등을 기대며 주저앉아버렸다.

주문 영창 없이 발동된 마법 스킬 【슬립(수면)】이었다. 슈니는 깊이 잠들어버린 문지기에게서 열쇠를 빼앗아 지하 감옥으로 이어지는 문을 열었다.

왕성이라지만 지하 감옥은 청결함과는 거리가 멀었고 겉보기엔 동굴에 가까웠다. 하나의 감방은 제법 넓었고 휴먼이라면 10명 정도를 한꺼번에 수용할 수 있었다.

슈니의 감지 범위 내에는 2개의 반응이 있었다. 하나는 데몬의 것이었고, 나머지 하나가 그레릴 추기경의 것이었다. 슈니가 지하 감옥을 향해 바로 내려온 것은 데몬도 이곳에 숨어 있기 때문이었다.

지하 감옥에서 느껴지는 반응은 슈니 일행을 제외하면 2개뿐이었다. 이렇게나 넓은 감방에 추기경 혼자 수감된 것 같았다.

슈니는 유즈하를 티에라에게 맡기고 대기시킨 뒤에 자신만 모습을 드러내며 앞으로 나아갔다.

그러자 그레릴 추기경의 목소리가 들려왔다.

"누구시오?"

"오랜만이네요. 그레릴 추기경."

"앗?! 그, 그 목소리는 설마 라이자 공? 대체 어째서……."

추기경의 목소리에 당혹감이 섞였다. 달의 사당이 사라졌다는 소식을 알고 있었던 모양이었다.

"참과 콘퓨에 걸렸었다죠."

"……알고 계셨습니까."

"둘째 공주님과 상급 선정자로 보이는 인물을 성지로 전송시켰다고 들었습니다."

"역시 라이자 공은 소식이 빠르시군요. 언제 걸렸는지, 저는 기억이 거의 나지 않습니다. 정신을 차리고 보니 가들라스 공에게 붙잡혀 이 꼴이 되었지요. 아무리 생각해내려 해도 흐릿하고 단편적인 기억들만 떠오를 뿐입니다."

후회하는 표정의 추기경은 투사로 알려졌던 과거보다 몸이 더욱 작아진 것처럼 보였다. 그만큼 막중한 책임감을 느끼고 있는 것이리라.

"두 가지 정신 간섭에 당한 후유증이겠죠. 저는 당신에게 걸린 상태 이상을 완전히 풀어드리기 위해 왔습니다. 안심하세요. 전송된 두 사람은 무사합니다."

추기경은 바로 고개를 들었다.

"뭐라고요! 그게 정말입니까?!"

"확실한 정보입니다."

"배려에 감사드립니다. 나라에 없어선 안 될 왕족과 선정자를 사지로 몰아넣었다는 게 걱정되어서 견딜 수 없었던 참입니다."

"돌아올 때까지 그렇게 많은 시간이 걸리진 않을 겁니다. 자, 걱정할 일도 사라진 김에 상태 이상을 풀까요?"

"그렇군요. 언제 이성을 잃을지 모르는 것도 두려운 일입니다. 부탁드립니다."

사실은 이미 풀린 상태였지만 슈니는 그를 안심시키기 위해 그렇게 말했다. 정신 간섭 계열의 마법 스킬이 금기시되어 온 탓에 회복 방법에 대한 지식도 사라진 지 오래였다.

그레릴 추기경이 몸에서 힘을 빼자 슈니가 상태 이상 회복을 위한 마법 스킬을 사용하려 했다.

하지만 스킬을 발동하기도 전에 슈니를 향해 날아오는 그림자가 있었다.

"이제야 모습을 드러냈군요."

슈니는 재빨리 꺼낸 닌자도【유리염(瑠璃焰)】으로 그림자를 튕겨내고 그것이 날아온 방향을 돌아보았다.

그곳에는 기괴한 모습의 몬스터가 있었다.

하반신에는 한쪽은 소의 다리가, 다른 한쪽에는 인간의 다리가 달려 있었다.

둔부부터 가슴에 이르기까지 곤충 같은 갑각으로 덮였고 오른쪽 팔에는 게의 집게발 2개와 낫을 연상시키는 사마귀의 앞다리가 하나 달려 있었다. 왼팔은 끝에 가시가 달린 촉수가 5개 뻗어 나와 있었다.

머리는 아귀처럼 넓적한 물고기 같았고 눈만 곤충 같은 겹눈이었다.

악의를 품고 생겨난 합성 동물.

추악하다는 말밖에 나오지 않는 그 모습은 백작급 데몬의 특징이라 할 수 있었다.

—【백작급 데몬·마그눔크 레벨 423】

슈니의 애널라이즈로 상대의 정보가 공개되었다. 작위는 예상한 대로였다. 다른 점이라면 마그눔크라는 개체명이었다.

"네임드. 그래서 나름대로 지능이 높았던 거군요."

데몬 중에는 작위와는 별도로 『이름』을 가진 개체가 있었다.

데몬의 고유 개체라고 할 수 있는 그 존재는 다른 고유 몬스터와 마찬가지로 일반적인 개체보다 강력한 것으로 유명했다.

이번 사건에서 보여준 복잡한 수법도 고유 개체 특유의 높은 지능에서 나온 결과물인 것 같았다.

"은색 머리칼, 붉은 눈동자. 하이 엘프. 너, 슈니 라이자인가."

발성 기관에 문제가 있는지 음정이 불안하게 일그러진 목소리가 지하에 울려 퍼졌다.

"당신들과 만나는 것도 500년 만이네요. 천재지변 이후로 모습을 보지 못했는데, 여전히 기괴한 형상을 하고 있군요."

"짜증 나는 녀석. 언제나 네 녀석들은 방해를 하지."

"당연…… 하죠!!"

챙 하는 소리가 마그눔크의 목소리를 지우듯 울려 퍼졌고 어둑어둑한 지하 감옥을 푸른 불꽃이 짧게 비추었다.

지하 공간의 어둠을 틈타 촉수 끝에서 가시가 발사되었고, 슈니가 그것을 칼로 쳐낸 것이다.

지하 감옥의 쇠창살은 이미 슈니에 의해 엉망이 되어 있었다.

"샤앗!"

추기경을 감싸듯 움직인 슈니에게 낫과 집게발이 날아들었다.

3개의 흉기를 한 곳에 집중한 공격을 슈니는 유리염으로 막아냈다.

백작급 특유의 높은 근력으로 내뻗은 칼날과 유리염의 검신이 부딪치며 불꽃이 튀었다.

움직임이 멈춘 슈니의 오른편으로 촉수가 뻗어왔다. 그 숫자는 다섯이었다. 슈니의 유리염은 마그눔크의 낫과 집게발을 막아내느라 움직일 수 없었다.

해치웠다—. 마그눔크가 그렇게 생각한 순간 촉수의 뿌리 부분을 향해 푸른 궤적이 날아들었다.

"기이익?!"

마그눔크가 비명을 지르며 슈니에게서 거리를 벌렸다.

마그눔크의 겹눈이 슈니의 왼손에 들린 단도【비염(緋炎)】이 유리염을 대신해 자신의 낫과 집게발을 막아낸 것을 포착해냈다.

덕분에 자유로워진 유리염이 촉수를 베어내는 걸 마그눔크가 막지 못했던 건, 단순히 슈니가 너무 빠르게 움직여서 반응할 수 없었기 때문이었다.

대검의 공격에도 끄떡없는 촉수였지만 신비한 빛을 머금은 검의 공격을 견뎌내지 못했다.

"그으으. 성가신 녀석. 어째서 휴먼을 감싸는 거냐?"

"이런 누명을 쓰고 죽기에는 아까운 인물이에요. 그리고 당신들이 멋대로 하게 내버려두었다간 달의 사당의 명성이 땅에 떨어질 테니까요.

"달의 사당. 하이 휴먼이 있던 장소인가."

달의 사당의 이름을 들은 마그눔크는 한 걸음 물러나 자세를 가다듬었다. 칼에 베인 촉수도 뿌리 부분에서 금방 재생된 상태였다.

"하이 휴먼, 녀석들에게도 많은 동료들이 죽었다. 하지만, 그것도 이미 끝난 일이다."

"끝났다고요?"

독백하는 마그눔크를 보며 슈니는 의아하다는 듯이 물었다.

"이 세계를 단념한, 많은 전사들이 사라졌다. 인간은 아직도 하나로 뭉치지 못한 채, 부패하기 시작했다."

"설마 데몬에게 그런 말을 듣게 될 줄은 몰랐네요."

그렇게까지 똑똑하지 못한 백작급 데몬도 네임드가 되면 인류 사회에 대해 나름대로 이해할 수 있게 되는 것일까.

"인간의 세상은 끝나가고 있다. 슈니 라이자. 우리들의 동료가 되라."

"그 말을 꺼내려고 지금껏 떠들어댄 건가요. 무슨 소리를 하나 했더니―. 말도 안 되죠."

슈니는 마그눔크의 제안을 생각해보지도 않고 거절했다. 말할 것도 없다는 의미였다.

슈니의 대답을 들은 마그눔크는 목이 없는 몸을 용케 구부려서 고개를 갸웃거리는 자세를 취했다. 슈니가 거절하는 이유를 이해하지 못하는 것 같았다.

"슈니 라이자. 주인에게 버림받은 네가 어째서 그렇게까지 우리들을 거부하는 거냐?"

"······잠깐."

공격 타이밍을 재기 위한 의미 없는 대화 중에 마그눕크가 꺼낸 말이 슈니의 예쁜 눈썹을 꿈틀거리게 만들었다.

"방금 뭐라고 했지?"

공기가 얼어붙었다. 그 자리에 있던 모두는 지하 감옥 내의 온도가 영하까지 떨어진 것 같은 착각을 느꼈다.

이때 슈니의 목소리를 들은 유즈하와 카게로우의 털이 바싹 곤두서는 걸 알아챈 것은 티에라뿐이었다.

"너의 주인은 너를 버려두고 갔다. 놈들이 사라진 지 많은 시간이 지났다. 돌아올 리는 없다."

마그눕크는 슈니에게서 뿜어져 나오는 극한의 냉기를 못 느끼는지 이야기를 멈추지 않았다.

"밉지 않은가. 자신을 버린 자들이. 성가시지 않은가. 그 힘에 매달리는 자들이."

마그눕크는 침묵하는 슈니에게 일그러진 음성으로 말을 계속 이어나갔다. 땅속에서 울리는 듯이 왜곡된 목소리가 슈니의 귓가를 파고들었다.

그것은 그레릴 추기경을 조종한 참(매료)과 콘퓨(혼란)의 중

첩 기술이었다. 이중으로 된 정신 오염이 슈니를 향해 마수를 뻗어오고 있었다.

하지만—.

"아아, 역시 당신들은 모르나 보네요."

그런 슈니의 말이, 어딘지 모르게 투명하게 느껴지는 목소리가 어둡고 축축한 지하 감옥을 정화하듯 울렸다.

"무슨 소릴, 하는 거냐?"

"예전의 저였다면 분명 화를 냈을 테죠. 감정에 휩쓸려서 미친 듯이 싸웠을지도 몰라요."

슈니의 표정은 방금 전과는 전혀 다르게 온화했다. 부정적인 감정을 느끼지 않는 이유를 마그눔크는 이해할 수 없었다.

"타이밍이 안 좋았네요."

슈니가 그렇게 말한 순간, 양팔이 흐릿하게 움직이는 것 같더니 유리염과 비염이 섬광이 되어 마그눔크를 꿰뚫었다.

"가앗?!"

엄청난 속도였기에 마그눔크는 반응조차 할 수 없었다.

오른쪽 가슴과 왼쪽 옆구리에 날카롭게 박힌 칼날이 마그눔크를 지하 감옥 벽에 고정시켰다.

슈니는 마그눔크를 향해 느릿한 발걸음으로 다가갔다.

그녀의 움직임은 결코 빠르지 않았다. 하지만 그 모습은 중간 과정이 생략된 것처럼 잔상조차 남기지 않고 마그눔크에게 육박하고 있었다.

"이 정도로—."

마그눔크의 말은 끝까지 이어지지 못했다.

비스듬하게 기울어지는 시야와 그 안에 비친 자신의 몸, 그리고 무엇보다도 푸르게 빛나는 궤적이 마그눔크의 뇌리에 각인되었다.

마그눔크는 머리가 떨어졌지만 강인한 생명력 덕분에 바로 숨이 끊어지지는 않았다.

그래서 슈니가 묘한 분위기의 닌자도를 들고 있는 것을 인식할 수 있었다.

'저 무기는, 설마, 창월? 이럴 수가, 불가능…….'

생각은 거기서 중단되었다. 마그눔크의 시야가 순간 푸르게 물들었고 그것을 인식할 틈도 없이 이번에는 숨을 거둔 것이다.

"지금이라면 엘레멘트 테일에게도 질 것 같지 않네요."

슈니는 창월에서 넘쳐흐르는 힘을 느끼면서 그렇게 중얼거렸다.

"라이자 공, 방금 그 몬스터는 대체…….."

데몬이 소멸한 것을 확인하고 슈니는 고개를 돌렸다.

그녀가 돌아본 곳에는 그레릴 추기경이 경악에 물든 표정을 짓고 있었다.

"방금 쓰러뜨린 것이 당신을 조종했던 데몬이라 불리는 몬

스터입니다. 보면 아실 테지만 조금 특수한 몬스터라서 별로 알려지진 않았습니다만."

"저것이 데몬……. 교회 문헌에서 읽어본 적이 있습니다. 독기에서 태어난, 인간의 적이라고 적혀 있었지요."

"그렇습니다. 저도 천재지변 이후로 한 번도 보지 못했지만, 아무래도 무슨 일이 있었던 것 같네요."

계속 모습을 드러내지 않던 데몬이 암약하기 시작했다. 이것은 무언가가 시작될 거라는 전조인지도 몰랐다.

"당신에게 걸려 있던 상태 이상은 이미 풀려 있습니다. 제가 왕에게 말씀드릴 테니 함께 가시죠."

"오오, 대체 뭐라 감사의 인사를 드려야 할지. 이 은혜는 반드시 갚겠습니다."

"너무 신경 쓰실 필요는 없습니다. 자, 가시죠."

슈니는 계속 숨어 있던 티에라에게 눈짓을 한 뒤 걸어가기 시작했다.

은폐 상태인 티에라는 유즈하를 끌어안은 채 두 사람을 뒤따랐다. 덧붙이자면 카게로우는 계속 티에라의 그림자 속에 숨어 있었다.

†

슈니와 그레릴 추기경은 왕이 있는 방을 향해 똑바로 나아갔다. 스쳐 지나가는 사람들이 놀라며 슈니에게 머리를 숙이는 모습이 티에라에게는 인상적이었다.

간부급 인사에게 이야기가 전해졌는지 중간부터는 왕의 호위 부대에서 나온 사람이 길을 안내해주었다.

성내가 소란스러운 건 일련의 사건에 대한 정보가 정확히 전해지지 않았다는 증거였다. 안내역이 파견된 건 유능한 간부들 일부가 손을 써준 것에 불과했다.

"이쪽이 왕의 집무실입니다. 잠시만 기다려주십시오."

길을 안내해준 병사는 그렇게 말하며 문을 노크하고 슈니가 왔다는 것을 알렸다.

슈니는 안에서 누가 기다리는지 이미 파악하고 있었고 문이 열리자 태연하게 안으로 들어갔다.

추기경도 슈니의 재촉에 안으로 들어섰고 티에라 역시 몰래 방에 숨어들었다.

집무실 안에 있던 인물은 세 사람이었다.

베일리히트 왕국 국왕 제온 카르타드 베일리히트.

베일리히트 왕국 제1왕녀 에필리아 로우 베일리히트.

베일리히트 왕국 기사단장 가들라스 쟈르.

세 사람 모두 표정을 보면 긴장하는 기색이 역력했다.

"오랜만입니다. 오늘은 여러분께 드릴 말씀이 있어 찾아왔습니다.”

“오오, 라이자 공. 이렇게 만나게 되었구려. 달의 사당이 사라졌다는 말을 듣고 얼마나 걱정했는지 모르오.”

“걱정을 끼친 것 같군요. 하지만 저와 달의 사당은 무사합니다. 안심하세요.”

제온도 슈니가 건재하다는 보고는 이미 전해 들은 적이 있었다. 하지만 실제로 만나 달의 사당도 무사하다는 말까지 직접 듣자 더욱 안심이 되었다.

“라이자 님. 거기 계신 그레릴 추기경은 지하 감옥에 갇혀 있지 않았던가요?”

“네, 그에 관해 드릴 말씀이 있습니다.”

에필리아의 질문에 슈니는 추기경이 조종당했다는 것과, 그 배후에 데몬의 존재가 있었다는 것을 이야기했다.

“데몬······ 역사서 속에 등장하는 인류의 적. 그런 자가 움직이고 있었다니······.”

“금기시되는 정신 간섭 스킬이라니, 정말 성가시게 됐군요.”

이야기를 들은 제온과 가들라스는 심각한 얼굴로 말했다.

추기경이 자기 수양을 게을리하지 않았다는 걸 알고 있는 만큼, 그를 조종한 정신 간섭 스킬의 위력을 통감하고 있는 것 같았다.

에필리아는 불안한 눈빛으로 슈니를 바라보았다.

"저의 마법 스킬로 대항할 수 있을까요?"

"신성계 스킬이 아니어도 정신 간섭에 저항할 수 있는 스킬은 있습니다. 『비전서』를 드릴 테니 가능한 한 많이 퍼뜨려주세요."

지금까지 그런 스킬이 필요할 일은 거의 없었다.

하지만 데몬처럼 정신 간섭 스킬을 마음껏 사용하는 적이 늘어날 것에 대비해서 슈니는 보조계 마법 스킬의 『비전서』를 에필리아에게 건넨 것이다.

배우는 사람의 레벨이 낮을 경우는 별로 도움이 되지 않을 테지만 아무것도 없는 것보다는 나을 거라고 슈니는 생각했다.

"그리고 전송된 두 사람도 무사합니다."

"오오, 그게 정말입니까!"

"다행이다……."

"공주님과 신 공 같은 상급 선정자가 간단히 당하진 않을 거라 생각했지만……. 아아, 정말 잘됐습니다!"

리온과 신이 무사하다는 소식을 들은 세 사람은 가슴을 쓸어내렸다.

"그레릴 추기경도 이제 정신 간섭에서 벗어났습니다. 그래서 함께 데려온 겁니다."

"이번 일로 많은 폐를 끼쳤습니다."

"아니, 라이자 공의 말처럼 정신 간섭에 걸려 있었다면 누구라도 똑같은 결과였을 거요. 그레릴 추기경은 지금까지 해 왔던 것처럼 교회와의 연락책으로 힘써주길 바라오."

"넷, 앞으로도 더욱 노력하겠습니다."

추기경은 고개를 숙였다. 원인이 원인인 만큼 큰 처벌은 받지 않았다.

"성내의 사람들이 혼란에 빠져 있으면 백성들이 불안해집니다. 우선 정보 통제를 부탁드립니다."

"알겠소이다. 라이자 공은 앞으로 어쩔 생각이시오?"

"꼭 가봐야만 하는 곳이 있습니다. 그러면 이만 실례하죠."

슈니는 살짝 고개를 숙이며 발걸음을 돌렸다.

왕의 앞에서 무례하기 그지없는 행동이었지만 슈니였기에 아무도 뭐라고 하지는 않았다.

제온은 이미 대수롭지 않게 받아들이고 가들라스에게 지시를 내리고 있었다.

†

"이제부터 어떻게 하실 거예요?"

"요새 도시 바르멜로 갈 거예요. 신하고는 심화로 연락할 수 있으니까 거기서 합류하려고요."

슈니와 티에라는 도시에서 식료품을 사들인 뒤 성벽 밖으로 나왔다.

마차는 신이 가지고 있었기에 여기부터는 걸어서 가야 했다.

슈니와 유즈하는 자기 다리로, 티에라는 적당한 크기로 변신한 카게로우의 등에 타고 이동했다.

슈니 일행은 가도를 바람처럼 질주했다.

은폐 스킬을 사용한 채로 말과는 비교도 되지 않는 속도로 달려갔기에 스쳐 지나가는 상인이나 모험가들은 갑작스러운 돌풍에 휩싸였고—.

"스승님! 빨라! 너무 빨라요!"

"그, 그루……."

이따금씩 이런 소리도 들려왔다고 한다.

†

시간을 되돌려 신과 리온이 전송된 성지 카르키아로 돌아가 보자.

"어떻게 됐지?"

"동료와 연락이 됐습니다. 바르멜에서 합류하기로 했습니다. 무슨 일이 있으면 가르쳐준다고 하는군요. 일단 공주님이 무사한 것을 전해달라고 부탁했지만, 성에서 믿어주지 않을 수도 있으니까 큰 기대는 하지 말아주세요."

신은 실제 대화 내용과는 상당히 다른 이야기를 리온에게 전해주며 앞으로의 일정에 대해 생각했다.

마음 같아서는 성지 내를 탐색하고 싶었지만 리온이 함께였기에 너무 위험했다.

그래서 일단 탈출을 최우선으로 하고 틈틈이 탐색을 겸하기로 했다.

리온이 제아무리 상급 선정자라 해도 출현 몬스터에 대한 정보가 정확하다면 신이 호위해주어야만 했다.

"리온 님은 성지에 대해 뭔가 알고 계시는 게 있습니까?"

"아니, 나도 안에 들어오는 건 처음이다. 하지만 들은 이야기로는 상급 선정자가 여럿이서 상대해야만 하는 몬스터들이 우글거린다더군."

"제가 알고 있는 정보와 같군요. 그러면 역시 무기가 필요하겠네요."

"맨손이면 역시 불안할 테지. 내가 이걸 들고 있던 게 불행 중 다행이군."

리온은 손에 들고 있던 케이스에서 무스페림을 꺼내며 말했다.

자신의 힘을 견뎌낼 수 있는 무기가 있기 때문인지, 위험 지대에 떨어졌음에도 불구하고 리온의 표정은 태연했다.

지금으로서는 짐만 되었기에 케이스는 버리고 가기로 했다. 무스페림은 특별 제작된 칼집에 들어가 있었기에 칼날을 드러낸 채로 걸어 다니는 건 아니었다.

"하지만 나야 괜찮다 쳐도 신은 어떻게 할 거지? 적당한 무기가 이런 곳에 있을 리도 없고……."

무스페림을 장비한 리온이 신을 보며 중얼거렸다.

하지만 신은 느긋했다. 무기라면 썩어날 만큼 갖고 있었고, 리온에게 말할 핑계도 생각해낸 뒤였다.

"괜찮습니다. 저는 이게 있으니까요."

신은 그렇게 말하며 품에서 카드 한 장을 꺼내 실체화했다.

"그건?!"

"전에 말했죠? 비장의 무기를 한두 개쯤은 숨겨두는 법이라고요."

놀라는 리온을 보며 신은 조금 뽐내는 듯이 웃었다.

신이 들고 있는 건 평평한 타원형 봉을 완만하게 구부린 듯한 무기였다. 칼날 부분을 두껍게 만든, 손잡이 없는 칼이라고 표현하는 게 가장 적절할 것이다.

길이는 1.5메르 정도로 색은 전체가 검었는데 평평한 부분에 붉은색 범어 같은 문양이 들어가 있었다.

모양만 보면 칼 같지만 메이스나 망치 같은 중량급 둔기였다.

무스페림과는 정반대의 속성을 가진 듯한 이 무기는 신화급 중급품으로 이름은 【카쿠라(禍紅羅)】였다.

검은색인 건 주요 소재가 아다만틴이기 때문이었다. 양은 적지만 중심에는 오리할콘, 범어 문양에는 미스릴도 사용되었다.

이것만 있으면 마법이나 물리 공격이 통하지 않는 상대에게도 대응할 수 있었다.

"보통 사람은 아닐 거라 생각했지만, 그런 무기를 숨겨두고 있었을 줄이야……."

"손에 넣으려고 고생했으니까 가능하다면 비밀로 해주세요."

신은 붉은 아우라를 두른 카쿠라를 휘두르며 감각을 확인했다.

주요 소재가 아다만틴이었기에, 늘씬한 외관과는 달리 리온이 들고 있는 무스페림보다도 무거웠다. 휘두를 때마다 울리는 바람 소리가 그 위력을 알려주고 있었다.

"물어볼 게 있는데, 성지를 조사할 때는 어디를 통해 안으로 들어오는 거죠? 거기를 통해 나가는 게 좋을 것 같은데요."

"사방에 있는 성문 중에 남쪽 문이다. 물론 간단히 나갈 수는 없을 테지."

"성벽을 기어오를 수는 없을까요?"

"아아, 전에 시험해본 사람도 있다더군. 도시 밖에서는 가능하지만 안에서는 몬스터의 표적이 될 뿐이라고 한다. 한번 들키면 피하기도 어렵지."

두 사람이 지금 서 있는 장소에서도 카르키아 주위를 둘러 싼 성벽이 보였다.

베일리히트보다도 높은 성벽이었기에 아무 방해도 받지 않 고 오른다 해도 상당한 시간이 걸릴 것 같았다.

게다가 몬스터를 경계하면서 올라가야 한다면 그보다 몇 배의 시간이 소요될 것이다.

'내가 온 힘을 다하면 가능할 것 같기는 한데…….'

방법이 전혀 없는 건 아니었고 리온에게 능력을 들켜도 상 관없다면 둘이서 탈출하는 건 어렵지 않았다.

무예 스킬과 마법 스킬을 조합해 벽을 달려 올라가는 건 플 레이어끼리의 공방전에서 비교적 일반적인 기술이었다.

약간 무리한다면 무예와 마법 중 한쪽 계열의 스킬만으로 도 가능할 것이다. 하지만 리온의 이야기를 들어보면 그런 기 술은 이미 사라진 게 분명했다.

"그러면 주위를 경계하면서 나아가자."

"알겠습니다."

두 사람은 주위 기척을 살피며 남문을 향해 나아갔다.

카르키아는 게임 시절부터 존재했던 도시였기에 신은 미니 맵 기능이 부활할 거라고 생각했지만 예상과는 달리 별다른 변화는 없었다.

역시 맵은 처음부터 다시 작성된 것 같았다.

신은 지붕을 타고 몬스터의 반응을 살피며 이동하기 위해 점프했지만, 그 순간 눈앞이 일그러지는 것을 느꼈다.

"뭐지?"

정신이 들자 신은 땅 위에 서 있었다. 분명 지붕 위로 뛰어오르려고 했지만 발밑으로는 땅을 밟고 있는 감촉이 전해졌다.

"신. 아무래도 너도 마찬가지인 것 같군."

신이 돌아보자 그와 마찬가지로 당황한 표정의 리온이 서 있었다.

"잠깐만요. 혹시 모르니까 한 번만 더 해보겠습니다."

신은 그렇게 말하며 약간 강하게 땅을 박찼다. 평소 같으면 건물 지붕보다 높이 도약할 수 있는 점프력이었다.

하지만 결과는 그렇게 되지 않았다.

"이건 전송인가?"

어느 정도까지는 뛰어오를 수 있었다. 하지만 일정한 높이에 이르면 뛰어올랐던 몸이 지면에 착지해 있었다.

"리온 님은 제가 어떻게 보이셨습니까?"

신은 확인하기 위해 리온에게 물어보았다.

"신은 확실히 점프했다. 그건 틀림없지. 하지만 저기 1층 건물의 지붕을 넘기는 높이에 도달하자 위로 향하던 신의 모습이 사라지면서 지면 위에 나타났다."

리온은 신의 눈앞에 있는 건물 지붕을 가리키며 그가 어떤 식으로 보였는지를 설명했다.

"그렇군요…… 일정한 높이 위로 이동하려 하면 방해를 받는 것 같네요."

신은 그렇게 결론지었다.

"이런 현상은 처음이군. 신은 뭐 아는 거 없나?"

"일단 짐작 가는 부분은 있습니다. 잠깐 확인해보고 싶어서 그러는데, 이대로 길을 따라 가봐도 될까요?"

"상관없다. 네게 맡기겠다."

신은 구획이 잘 정리된 큰길을 나아갔다. 그리고 사람 두 명이 간신히 지날 수 있을 만한 샛길 앞에 도착했을 때 걸음을 멈추었다.

"지금부터 여기 들어갈 테니까 리온 님은 거기서 기다려주세요."

"알았다."

신은 리온에게 말한 뒤 샛길로 들어섰다.

온몸이 통로에 들어간 순간, 신의 시야가 일그러졌다. 방금 전까지 보이던 샛길과는 다른 광경이 눈앞에 펼쳐져 있었다.

리온의 눈에는 마치 신의 몸이 부자연스럽게 샛길에서 밀려난 것처럼 보였으리라.

"이건 대체……?"

리온은 의아한 표정으로 신을 바라보았다. 눈앞에서 벌어진 일을 이해하지 못하는 듯했다.

"역시 그런 건가."

"신, 어떻게 된 일인지 설명해주지 않겠나? 방금 전의 움직임은 뭔가 이상하다."

납득한 표정의 신을 보며 리온이 질문했다.

"죄송합니다. 한 가지만 더 확인하고 싶은 게 있어요. 그것만 알면 모든 게 확실해질 것 같으니까 조금만 더 기다려주시겠습니까?"

"음, 그렇게 말한다면 어쩔 수 없지. 그래서 확인하고 싶다는 건 뭐지?"

리온은 신의 의견을 존중하며 이야기를 재촉했다.

"이 길을 계속 가면 아마 빛나는 구체(球體)가 공중에 떠 있을 겁니다. 길에서 벗어난 경로로는 나아갈 수 없으니까 조심하세요."

신은 리온에게 자세한 설명을 해주며 걸어가기 시작했다.

리온도 눈앞을 주의 깊게 살피며 그의 뒤를 따랐다.

"보이네요. 저기 있습니다."

"……확실히 신이 말한 대로 빛의 구체로군."

앞에 보이는 큰길의 한가운데에 하얀빛을 내뿜는 직경 30세메르 정도의 구체가 떠올라 있었다. 그렇게 강한 빛은 아니라서 똑바로 쳐다봐도 눈이 부시지는 않았다.

"아마 틀림없을 겁니다. 아무래도 이 도시 전체가 던전이 된 것 같습니다."

"뭐라고?!"

신의 말을 들은 리온이 깜짝 놀라며 말했다.

몬스터가 배회하고 있는 탓에 도시로서의 기능은 상실했지만 그래도 한때 번영을 구가했다고 알려진 장소였다.

그런 곳이 던전으로 전락했다는 말을 들으면 누구나 놀랄 수밖에 없을 것이다.

"하지만 그러면 어떻게 해야 하지? 도시가 던전이 되었다는 말은 들어본 적이 없다."

"그래도 일반적인 던전과는 다르니까 안심하세요."

눈썹을 찡그리며 생각에 잠기는 리온에게 신이 조용히 말했다. 사실 이건 신도 잘 알고 있는 현상이었다.

"설명을 부탁한다."

"물론입니다. 지금 우리는 특정한 경로를 따라갔을 때만 출구에 도착할 수 있는 상황에 놓여 있습니다."

"특정한 경로? 그렇다면 우리가 지붕 위나 샛길로 갈 수 없었던 건……."

"네. 특정 경로에서 벗어나기 때문입니다. 지름길을 사용하거나 경로에서 크게 벗어나면 원래 있던 장소로 돌아오게 되어 있습니다. 탈출하려면 이 빛나는 구체를 표식 삼아 나아갈 수밖에 없습니다."

신이 떠올린 건 대규모 업데이트 직후에 개최되는, 도시 전체를 사용한 타임 어택 경주였다.

업데이트로 새로 출현한 도시에는 플레이어가 운영하는 가게나 길드 거점 같은 시설이 없었다.

그래서 그 기회에 도시 전체를 이용한 이벤트가 없을까 하고 만들어진 것이 타임 어택 경주였다.

도시 입구에서 중심까지 이동한 뒤 다시 도시 밖으로 나갈 때까지 걸린 시간을 경쟁해서 가장 빠른 시간을 기록한 파티 및 플레이어에게 한정 희귀 아이템을 상품으로 주는 이벤트였다. 바로 그때 이 구체를 본 적이 있었다.

"경주 따위에 참가한 기억은 없는데 말이지."

신은 리온에게 들리지 않도록 작게 중얼거리며 말을 이어나갔다.

"경로 상에 함정은 없으니까 몬스터를 쓰러뜨리면서 구체를 찾아가다 보면 문제없이 탈출할 수 있을 겁니다."

몬스터의 종류는 플레이어의 능력치에 따라 달라진다. 【리미트】를 걸어둔 상태일 때는 이벤트 중에 해제가 불가능했고 낮아진 능력치가 적용되었다.

게다가 능력치가 높을수록 코스가 길어지는 점이 신이 알고 있는 타임 어택 경주의 특징이었다.

능력치 대신 기술이나 운에 따라 승부가 갈리게 되어 있었다.

'하지만 지금 【리미트】는 해제가 가능해. 게임 때의 이벤트와는 다른 건가? ⋯⋯아니지, 현실이 된 지금은 능력치에 대한 간섭 자체가 불가능해졌을 가능성도 있겠군.'

이 세계 자체가 불가사의였기에 단언할 수 있는 건 아무것도 없었다. 하지만 모든 것이 게임의 시나리오대로 흘러갈 리는 없었다.

"그렇군. 제한 시간은 있는 건가? 오래된 유적이나 던전을 탐색할 때는 그런 경우도 있다고 들었는데."

"아니요. 없을 겁니다."

시간만 있으면 얼마든지 클리어할 수 있는 이벤트였다.

목적은 어디까지나 탈출까지의 시간을 경쟁하는 것이었다. 신의 지식이 맞는다면 약간 늦어지더라도 특별한 불이익은 없었다.

"이렇게 말하긴 미안하지만 신과 함께 이곳에 보내진 게 다행이었다. 덕분에 수수께끼를 푸느라 고생할 필요가 없었으니까."

리온은 쓴웃음을 지으며 말했다. 만약 리온 혼자였다면 사태를 파악하기까지 엄청난 시간이 낭비되었을 것이다.

"그러면 빛의 구체를 찾아서 나아가지. 만약 신의 지식과 다른 점이 있다면 말해다오. 이곳은 성지니까 무슨 일이 벌어질지 모른다."

"알겠습니다. 이 구체는 다음 길로 이어지는 전송 포인트입니다. 우선 제가 먼저 전송해보겠습니다. 아무 일도 없으면 금방 돌아올 테니까 기다려주세요."

신은 리온의 대답을 듣고 구체에 손을 댔다. 그러자 주위 풍경이 순식간에 바뀌며 다른 길가로 이동했다.

미니맵을 확인해보니 리온과의 거리는 그렇게 멀지 않았다. 편하게 걸어가면 5분도 걸리지 않는 거리였다.

"이게 이 경주의 짜증 나는 부분이었지."

신은 전에 체험했던 경주를 떠올리며 한숨을 쉬었다. 그리고 바로 리온이 있는 곳으로 돌아왔다.

"전송은 무사히 되네요. 그러면 가시죠."

"위험한 일을 맡겨서 미안하군."

"아무래도 공주님한테 시킬 수는 없으니까요. 그리고 전송된 곳이 몬스터의 소굴이어도 저라면 바로 도망칠 수 있고요."

한편으로는 위험한 상대를 먼저 쓰러뜨릴 수도 있었다. 싸우는 모습을 들키지 않는다면 몬스터를 순식간에 해치워도 문제 될 게 없으니까 말이다.

"이 보답은 반드시 하겠다. 함께 살아남아서 이곳을 나가자."

"물론입니다."

굳은 결의가 담긴 리온의 말에 신도 고개를 힘주어 끄덕이며 대답했다.

†

신이 앞장서며 두 사람은 큰길을 걸어갔다.

타임 어택 경주 중에는 기본적으로 큰길만 이용할 수 있었다.

예외가 있다면 숨겨진 통로 혹은 지름길로 설정된 샛길이지만 그것을 찾아내는 건 순전히 운에 달려 있었다.

매우 긴박한 상황에서 일발 역전을 노리는 경우가 아닌 이상 그런 것을 찾는 건 헛수고일 뿐이었다.

리온도 처음에는 그런 지름길이 없나 찾아보았지만 신의 조언을 듣고 난 뒤에는 순순히 큰길만 걸어갔다.

사거리에 들어섰을 때 신이 리온을 돌아보았다.

"여기선 직진으로 가죠."

"뭔가 알아낸 건가?"

"왼쪽에는 몬스터가 3마리, 오른쪽에는 1마리가 있습니다. 정면은 없으니까 일단 그쪽으로 가서 막히면 오른쪽 길로 가죠. 왼쪽이 맞을 경우엔 연속으로 싸워야 하지만, 되도록 전투를 피하는 게 좋을 것 같아서요."

신의 감지 범위 내에는 이미 몇 마리의 몬스터 반응이 있었다. 정확도를 중시해서 범위를 좁혀두었기 때문에 이름과 레벨까지 알 수 있었다.

왼쪽 길에 있는 건 602레벨의 늑대형 몬스터【블루 밋츠 하운드】, 544레벨의 전갈형 몬스터 【슈페르크】, 그리고 588레벨의 슬라임형 몬스터 【기르슬라이】까지 3마리였다.

마크의 움직임을 보면 3마리가 서로 싸우고 있다는 걸 알 수 있었다. 그런 곳에 뛰어드는 건 리온에게 쉽지 않은 일이었다.

반면에 오른쪽 길에는 531레벨의 사령(死靈) 몬스터 【기리와이즈】 1마리뿐이었다.

일부 상급 마법 스킬을 사용하는 성가신 몬스터지만 리온의 무스페림과 신의 카쿠라라면 충분한 대미지를 줄 수 있었다.

리온의 실전 능력을 살펴보기에도 이쪽이 더 좋았다. 만약 리온이 마법 스킬을 직격으로 맞을 것 같은 상황이 오면 신이 몸으로 막아주면 된다.

"그렇군. 우리는 두 사람뿐이다. 불리해 보이는 싸움은 피해야 할 테지."

리온은 신의 이야기를 믿기로 했는지 길을 직진해서 걸어 나갔다.

하지만 5분 정도 걸어갔을 때 두 사람의 눈앞이 일그러졌다. 똑같은 큰길이었기에 알아보기 힘들었지만 좌우의 가게가 방금 전에 지나온 곳과 똑같았다.

"이쪽은 틀린 것 같네요."

"그런 것 같다. 돌아갈 수밖에 없겠군."

이렇게 된 이상 더 나아갈 수 없었기에 미리 정해둔 대로 왔던 길을 되돌아가 왼쪽으로 꺾었다.

그리고 잠시 나아가자 신의 시야에 몬스터의 모습이 보였다.

"저기 있습니다. 여전히 1마리. 주위에도 몬스터 반응은 없군요."

두 사람의 전방에는 꼬부라진 모양의 지팡이를 들고 안개 같은 검은 로브를 걸친 미라의 모습이 보였다.

미라라고 해도 존재하는 건 머리와 양팔뿐이었고 몸통과 다리는 없었다. 자신의 몸을 안개로 바꾸어 마도(魔道)로 추락한 몬스터. 그것이 기리와이즈였다.

머리와 팔도 사실 껍데기일 뿐이었고 일반적인 무기로는 제대로 된 대미지를 줄 수 없는, 마법사 타입이면서 물리 공격에도 강한 몬스터였다.

"저건 뭐지?"

"사령 몬스터인 기리와이즈입니다. 흙과 바람 마법을 사용합니다. 지팡이를 들고 있는 것처럼 보이지만 실제로는 공중에 떠 있을 뿐이라 움직임이 변칙적이죠. 주의하세요."

"조언 고맙다!"

신은 달려가면서 리온에게 주의할 점을 말해주었다.

처음 보면 지팡이를 들고 있는 걸로 착각해서, 느닷없이 날아오는 지팡이에 대미지를 입는 경우가 많았던 것이다.

"Suuuooooooooonyyyyyyyyy!!"

어디서 발성되는지도 알 수 없는 섬뜩한 목소리가 울려 퍼졌다. 기리와이즈의 마법 영창이었다.

"옵니다!"

신이 외친 것과 기리와이즈의 영창이 끝난 것은 거의 동시였다.

발동된 것은 풍술계 마법 스킬 【에어·불릿】과 【에어·커터】였다.

압축된 공기 탄환과 날카로운 바람 칼날이 리온과 신을 덮쳐왔다. 양쪽 모두 초급 마법이지만 날아오는 개수가 웬만한 마법사와는 비교도 되지 않았다.

"이 정도쯤!!"

리온은 기리와이즈의 바람 탄환을 가볍게 피하며 거리를 좁혔다.

보조계 무예 스킬 【조기·활섬】으로 강화된 신체 능력을 유감없이 발휘해, 눈으로 파악하기도 힘든 바람 마법을 계속해서 피해내고 있었다.

신도 리온과 마찬가지로 간격을 좁히듯 이동하며 기리와이즈에게 접근했다.

다만 자세히 보면 마법은 신에게 닿자마자 소멸되고 있었다. 하이 휴먼의 엄청난 마법 내성으로 인해 마력이 유지되지 못하는 것이다.

신은 기리와이즈 같은 마법사 타입에게는 최악의 상성이

었다.

"Ziii?!"

놀란 듯한 목소리가 기리와이즈에게서 뻗어 나왔다. 아무래도 신 주위에서 마법이 사라지고 있다는 걸 용케 알아챈 것 같았다.

신은 리온의 속도에 맞춰 이동하면서 기리와이즈에게만 보이도록 히죽 웃었다.

"U?!"

이 소리는 사람으로 따지면 '윽?!' 정도의 의미일까.

신에게는 마법이 통하지 않는다는 것을 깨달은 것이리라. 표정 따윈 없는 미라의 얼굴이 딱딱하게 굳어 있는 것처럼 보였다.

리온보다 조금 뒤에서 돌진하는 신의 모습은 기리와이즈의 눈에 악마처럼 보이는 게 틀림없었다.

자신의 약점인 성검을 갖고 있는 리온보다도 신을 더욱 경계하는 것이 가장 큰 증거였다.

"BeeeJaaaaaaaa!"

기리와이즈는 포효와 함께 주위에 대량의 마법을 전개했다.

특별히 많은 마력이 담겨 있는 건 풍술계 마법 스킬 【슈트룸·플래스트】와 토술계 마법 스킬 【드래군·바이트】였다.

기리와이즈의 키를 넘는 선풍과 용의 입 모양을 한 거대한 흙덩이가 사방에 흩어진 에어 · 배럿을 튕겨내며 두 사람에게 밀려들었다.

"크윽! 성지의 몬스터가 이 정도로 강한 건가?!"

리온도 위기감을 느낀 것 같았다. 무스페림을 든 손에 힘을 주며 스킬을 발동하려 했다.

하지만 그때 신이 끼어들었다.

"여기는 제가 맡겠습니다! 리온 님은 저 녀석에게 일격을 가하세요!!"

"알았다, 맡기겠다!"

리온은 발동하려던 스킬을 중단하고 보다 강하게 힘을 모았다.

신이 실패하면 상당히 위험해질 수 있지만 리온은 그의 성공을 조금도 의심하지 않았다.

다소나마 그의 실력을 알고 있었고 무엇보다 신이 가진 비장의 무기가 카쿠라뿐일 리는 없었다.

신은 강하게 한 걸음을 내디디며 다가오는 두 가지 상급 마법과 대치했다.

이 마법 스킬은 기리와이즈가 전력을 다해 발동한 것이다.

하지만 신의 마법 내성 앞에서는 이미 제대로 된 위력을 유지할 수 없었고 사실상 소멸되기 직전이었다.

"에이이잇!!"

그렇게 불면 꺼질 듯한 상태의 마법을 향해 신은 무기를 옆으로 힘껏 휘둘렀다.

보기와는 달리 상당한 질량을 가진 카쿠라의 공격 앞에서 두 사람을 향해 밀려오던 마법은 허무할 만큼 쉽게 사라지고 말았다.

기리와이즈도 설마 이 정도로 간단히 무력화될 줄은 몰랐으리라. 피해 없이 돌진해오는 신과 리온을 보며 멍하니 서 있을 뿐이었다.

그리고 리온이 그런 빈틈을 놓칠 리가 없었다.

"끝내주마!!"

리온은 신의 뒤에서 기세 좋게 뛰어올라 공중에서 한 바퀴 돌았다. 그리고 모아두었던 힘을 해방하듯이 검술계 무예 스킬【풀문·엣지】를 발동했다.

무스페림이 가진 질량에 원심력이 더해지면서 하얗게 빛나는 칼날이 기리와이즈를 향해 들어갔다.

"Dyyyyyyyyyyyy!!"

비스듬하게 꽂힌 참격은 기리와이즈를 구성하는 로브의 3분의 1을 날려버렸고 지팡이를 든 팔까지 베어버렸다.

잘려나간 팔은 공중에서 흩어졌다.

실체가 없다지만 몸이 이 정도로 훼손되면 대미지를 피할 수 없었다. 약점인 빛 속성의 공격이라면 더욱 그랬다.

공중에 떠다니던 지팡이도 지금은 땅에 굴러떨어졌다.

기리와이즈는 엄청난 대미지를 입으며 비명을 지르고 있었지만 아직 끝난 건 아니었다.

뒷걸음질 치며 물러나던 기리와이즈를 향해 신이 달려가고 있었기 때문이다.

신은 다시 한 번 히죽 웃었다.

공포에 질린 기리와이즈에게 신이 흉악하게 웃는 악마처럼 보인 것은 말할 것도 없었다.

"Hiiii?!"

기리와이즈는 '히이이익?!'처럼 들리는 목소리를 내며 필사적으로 거리를 벌리려고 했다.

하지만 그 정도로는 신의 추격에서 벗어날 수 없었다.

"이걸로 끝이다!"

대미지를 입어 고도가 떨어진 기리와이즈를 향해, 도약한 신이 머리 위에서 무기를 내리쳤다. 추술(鎚術)계 무예 스킬【열회(烈灰)】였다.

실체가 없는 몬스터에게 대미지를 줄 수 있는 몇 안 되는 무예 스킬로, 카쿠라의 강력한 위력을 더욱 배가해주었다.

"orz……."

머리에 일격을 받은 기리와이즈가 마지막으로 낸 소리는 자신조차 의미를 알 수 없는 중얼거림이었다.

"의외로 쉽게 이겼군."

전투가 불과 몇 분 만에 끝나버리자 리온은 조금 아쉬워하는 듯했다.

"무스페림에는 녀석의 약점인 빛 속성이 부여되어 있으니까요. 게다가 워낙 좋은 무기라 상급 선정자 둘이서도 해치울 수 있었던 겁니다. 보통 이렇게 쉽지는 않죠."

너무 낙관적으로 생각해도 곤란했기에 신은 확실히 못을 박아두었다.

만약 무기가 폐허에서 대충 주워 든 철봉이나 검이었다면 이렇게 되지는 않았으리라.

기리와이즈가 무력하게 쓰러지긴 했지만 일반 병사들만 상대한다면 혼자서 소국 정도는 멸망시킬 만한 능력을 갖고 있었다. 이번에는 어디까지나 상성이 나빴을 뿐이었다.

"알고 있다. 어쨌든 고유 개체 스컬페이스를 쓰러뜨려도 올라가지 않던 레벨이 방금 전투를 통해 올라갔으니까 말이지. 쉽게 끝났지만 약한 적이었다고는 생각하지 않아."

아무래도 레벨이 오른 모양이었다.

그녀와 동격인 상대였기에 제법 많은 경험치를 얻은 것이리라.

"그리고 칭호도 얻은 것 같다."

"칭호 말인가요?"

전투나 레벨업으로 얻을 수 있는 칭호—신은 그중에서 방금 전 전투에 해당될 만한 것을 떠올려보았다.

"으음, 『마법사의 천적』이라고 표시되는군."

『마법사의 천적』이란 상급 마법 스킬을 사용하는 상대와 싸울 때 한 번도 마법을 맞지 않고 물리 공격으로만 쓰러뜨리면 얻을 수 있는 칭호였다.

이 칭호는 마법 스킬의 대미지를 2퍼센트 감소시키는 효과가 있었다. 칭호에 의한 보정으로는 일반적인 수준이었다.

"아아, 그렇군요……. 그런데 저한테 가르쳐줘도 되는 겁니까? 그런 건 혼자만 알고 있어야죠."

"이걸 얻은 건 신 덕분이다. 그리고 신은 이런 이야기를 아무에게나 퍼트리진 않을 테지?"

"그야 그렇지만요……."

어느새 신에 대한 리온의 신뢰가 상당히 깊어져 있었다. 함께 위기를 극복하고 있기 때문일까.

"……눈치를 보니 칭호의 효과도 알고 있는 것 같군."

"글쎄요. 무슨 말씀이신지."

"방금 『그렇군요』라고 하지 않았나?"

자세히 알고 있다는 게 알려지면 곤란할 것 같았기에 신은 긍정하지 않았다. 그러고 보니 칭호는 스킬보다도 희귀하다는 걸 신은 뒤늦게 생각해냈다.

"……기억이 안 나는데요."

"네가 무슨 귀족도 아니고……."

이쪽 세계의 귀족들도 현실의 정치인과 똑같은 말을 하는지 리온은 조금 어이없어하고 있었다. 정치판에서는 어디서

든 이런 대사가 많이 나오는 모양이다.

"후훗, 하지만 갑자기 네게 흥미가 생기는군. 그래도 지금은 긴급 상황이다. 추궁은 나중에 하지. 서두르자."

뭐가 재미있다는 건지 모르지만 리온은 살짝 웃으며 달려가기 시작했다. 그녀의 눈은 왠지 사냥감을 발견해낸 사냥꾼 같았다.

"……알겠습니다."

신은 제발 그냥 잊어주길 바라며 리온을 뒤따랐다.

성지를 탈출한 뒤에도 성가신 일이 벌어질 것 같은 불길한 예감이 엄습하고 있었다.

†

"신, 네가 감지할 수 있는 범위 내에 몬스터가 얼마나 있지?"

"방금 설명해드린 3마리 외에도 전부 합하면 20마리가 넘겠네요. 제가 알고 있는 정보가 맞는다면 자기 자리에서 많이 벗어나는 몬스터는 거의 없습니다. 하지만 이런 이론을 무시하는 개체도 분명히 있을 테니 방심할 수는 없죠."

올바른 경로임을 알려주는 하얀 구체를 눈으로 확인하면서 신은 리온에게 대답했다.

"이대로 순조롭게 끝나면 좋으련만."

"그건 저도 같은 생각입니다."

그것이 신의 솔직한 심정이었다.

"응?"

몇 번 정도 전송을 거듭하는 동안 신은 어떤 사실을 깨달았다.

기리와이즈와 싸운 이후 그들이 나아가는 경로가 카르키아의 중심부와 가까워지고 있다는 사실이었다.

"왜 그러지? 뭐 이상한 일이라도 있나?"

"아니요. 그냥 성문에서 조금 멀어진 것 같아서요."

경로는 완전히 랜덤이었다. 그래서 중심까지 갔다가 단번에 성문 근처로 이동하는 패턴도 존재했다.

현재 상황이 문을 향해 달려가는 경주인지, 아니면 중심부로 향하는 경주인지는 모르지만, 일방통행인 이상 중심부에 접근한 뒤에 다시 성문으로 돌아오게 될 것이다.

"확실히 그렇군. 뭐, 이 근처는 성지에서도 미지의 영역이니까 뭔가를 알아낸다면 큰 수확일 거다."

'정보보다는 목숨이 더 소중하지만 말이지'라고 덧붙이며 리온은 신의 뒤를 따랐다.

전송된 뒤에 길을 통과할 때는 주택 정원에 자라난 나무 밑이나 담벼락에 숨어서 배회하는 몬스터들에게 들키지 않게 이동했다.

샛길을 이용할 순 없어도 이런 잔기술은 쓸 수 있었다.

다행히 무너지지 않은 집들 덕분에 몸을 숨길 곳은 얼마든지 있었다. 건물 뒤, 앞마당의 담벼락, 때로는 경로를 역주행해서 몬스터의 사각(死角)을 이용하기도 했다.

하지만 그렇게 해도 그들을 감지해내는 몬스터는 존재했다. 소리나 열처럼 시야에 의존하지 않는 감지 능력을 가진 몬스터도 존재하기 때문이다.

'스킬을 마음껏 쓸 수 없다는 것도 힘들군······. 하이딩(은폐).'

신은 리온에게 들키지 않도록 스킬을 발동했다. 무계통으로 분류되는 마법 스킬【은폐】였다.

보조계 무예 스킬【은폐】보다는 효과가 떨어지지만 일정 범위 내의 동료들까지 소리나 기척을 은폐할 수 있었다.

스킬을 사용한 덕분에 뱀이나 박쥐형 몬스터에게 들키지 않을 수 있었다.

다만 신은 스킬을 마음대로 쓰지 못하는 게 불편하다고 다시 한 번 생각했다.

상급 선정자라 해도 수십 개의 스킬을 갖고 있지는 않다고 슈니에게 들은 적이 있었다.

그때는 별로 신경 쓰지 않았지만 리온 같은 인물과 함께하게 되자 불편하기 이를 데 없었다.

가뜩이나 무기나 칭호에 관해 어떻게 자세히 아느냐고 궁금해하고 있지 않은가. 무예, 마법, 보조 등의 다양한 스킬을 사용할 수 있다는 것까지 들키면 어떤 추궁이 기다리고 있을지 알 수 없었다.

'어째서 이 세계에 와서까지 제약 플레이를 해야 하는 거야?'

옆에 슈나나 티에라, 빌헬름 같은 동료가 있었다면 이렇게 불편하진 않았을 거라 생각하며 신은 달려갔다.

상당한 속도였지만 리온도 선정자인 만큼 숨을 헐떡거리지는 않았다.

그리고 몇 번의 전송을 거듭하며 이대로 순조롭게 끝날 거라 생각했을 때 난적이 나타났다.

"기르슬라이인가……."

방금 전에 삼파전을 벌이던 것과는 다른 개체일 것이다.

레벨은 684로 카르키아에서 본 몬스터 중에 최고 수준이었다. 워낙 예상할 수 없는 움직임을 보이기 때문에 신 일행과 딱 마주친 것이다.

슬라임은 초반에 나오는 졸개 몬스터와 만만치 않은 보스 캐릭터로 크게 구분할 수 있었다.

그리고 하필 기르슬라이는 슬라임 중에서도 가장 전투력이 강한 몬스터였다.

몸은 일정한 형태가 없는 젤 같은 물질로 되어 있어 물리 공격은 거의 통하지 않는다.

게다가 몸을 촉수 형태로 뻗어 채찍처럼 내리치거나 창처럼 찌르고 휘감아 붙잡는 등 상대의 진형을 흐트러뜨리는 공격까지 가능했다.

덧붙여서 기르슬라이의 몸에서 분비되는 액체에는 무기와 방어구의 내구력을 약화하는 효과까지 있었다. 전투가 길어지면 길어질수록 상대하기 힘들어지는 몬스터라고 할 수 있었다.

설령 겉모양이 4메르 정도 크기의 반투명한 푸딩 같아 보이더라도 절대 방심해선 안 되는 것이다.

"슬라임인가. 그저 몸이 커다란 것뿐이라면 어렵지 않겠지. 시간을 끌지 말고 단숨에 돌파하자."

"뭐?! 아니, 이봐, 뭐가 그렇게 급해!!"

하지만 아무래도 리온은 슬라임을 졸개 몬스터로만 인식하고 있는 것 같았다.

황급히 제지하는 신의 목소리가 들리지 않았는지 상급 선정자의 신체 능력으로 기르슬라이와의 거리를 단숨에 좁혔다.

"흡!! —으악?! 뭐냐?! 이건!"

기르슬라이에게 무스페림을 내리친 리온은 이상한 반응에 당황하며 움직임을 멈추고 말았다.

기르슬라이 역시 일반적인 슬라임과 마찬가지로 코어를 파괴하면 쓰러뜨릴 수 있었다. 하지만 그게 간단하지 않기 때문에 신도 상황을 지켜보고 있었던 것이다.

상대는 레벨이 600이 넘는 몬스터였다. 리온의 움직임이 멈춘 순간을 놓칠 만큼 어리석지 않았다.

기르슬라이는 바로 반격에 나섰다. 별로 대단한 상대가 아니라고 생각했는지 촉수 형태로 뻗은 몸으로 리온의 팔다리를 구속한 것이다.

리온은 예상치 못한 속도였기에 미처 반응하지 못했다.

"정말이지, 이럴 줄 알았다니까!"

기르슬라이의 체액에 닿은 리온의 방어구가 녹아내리는 소리가 들렸다. 그대로 놔둘 수는 없었기에 신도 접근해서 카쿠라를 휘둘렀다.

카쿠라에 실린 추술계 무예 스킬 【사진폭(砂塵爆)】—갈색 아우라로 물든 카쿠라의 일격이 리온을 붙잡고 있던 촉수를 터뜨렸다.

지금 신의 능력치는 상당히 억제되어 있었고 기르슬라이에게 간신히 대미지를 줄 수 있는 정도였다.

하지만 가늘게 뻗은 촉수 부분에는 본체 같은 물리 내성이 없는 것 같았다.

물론 물리 방어력이 높은 상대에게 효과적인 【사진폭】을 사용한 덕분이기도 했다.

"잠깐 물러날 테니까 움직이지 마!"

신은 해방된 리온을 한 팔로 안은 채 그 자리에서 뒤로 몸을 날렸다.

신의 각력이라면 단숨에 기르슬라이의 공격 범위에서 벗어날 수 있었다.

두 사람이 있던 곳에는 한 박자 늦게 기르슬라이의 촉수가 내리꽂혔다.

오리할콘이 섞인 포장재가 쓰인 도로는 중급 드래곤이 난동을 부려도 금이 가지 않을 만큼 단단했다.

그런데도 기르슬라이가 내뻗은 촉수는 그 도로를 관통하고 있었다.

"오리할콘 포장을 관통해버리다니……."

신의 방어력이라면 수치상으로는 맨몸으로 맞아도 끄떡없는 공격이었다. 하지만 신은 포장된 도로의 강도를 알고 있는 만큼 자기도 모르게 얼굴이 굳어버리고 말았다.

대미지를 주진 못했어도 촉수를 박살 낸 신을 기르슬라이도 경계하고 있는 것 같았다. 리온에게 그런 것처럼 대충 공격하진 않을 눈치였다.

"신, 저건 대체 뭐지?! 정말로 슬라임인 건가!"

"설명할 테니까 일단 진정해. 저건 물리 공격에 상당히 강한 몬스터인 기르슬라이야. 근처 초원에 돌아다니는 졸개 슬라임하고 똑같이 취급하다간 큰코다친다고."

또 뛰어들었다간 곤란했기에 신은 리온에게 어떤 상대인지 간단히 설명했다.

자신도 상대하기 힘든 적에게 멋대로 달려들면 어찌 해야 할지 난감했던 것이다.

"……미안하군. 내가 경솔했다. 여기는 성지라는 걸 잊고 있었다."

"뭐, 일반적인 슬라임만 알고 있었다면 어쩔 수 없었겠지. 기르슬라이는 겉모양은 부드러워 보이지만 어중간한 물리 공격은 전혀 통하지 않는 성가신 상대야."

"아아, 나도 실감했다. 설마 이걸 튕겨낼 줄이야."

스킬을 발동하진 않았지만 무스페림의 공격이 튕겨져 나간 것이다. 신은 심각한 표정으로 고개를 끄덕이는 리온을 보며 이 정도면 괜찮을 거라고 생각했다.

그리고 무스페림을 들며 기르슬라이를 노려보는 리온 옆에서 앞으로의 방침을 고민하기 시작했다.

기르슬라이에게서 멀어지는 건 어렵지 않을 것이다. 방어력은 높지만 민첩하지는 못한 몬스터였다.

문제가 되는 건 추적 능력이었다.

오감에 의존하지 않는 몬스터는 상대의 마력이나 기척 같은 것을 감지해서 따라오는 경우가 많았다. 그중에서도 슬라임은 그런 능력이 특히 뛰어났고, 완전히 따돌렸다고 생각한 순간에도 계속 따라오는 경우도 많았다.

장소가 장소인 만큼 섣불리 방치해둘 수는 없었다. 신은 쓰러뜨리는 게 좋을 거라고 판단했다.

"저 녀석은 감지 능력이 상당히 높아. 우리는 이미 표적이 되었으니까 아무리 도망쳐도 계속 쫓아올 거야. 여기서 쓰러뜨리는 게 좋을 것 같은데, 어때?"

"앞으로의 안전을 생각하면 이의는 없지만, 신은 저 녀석의 방어력을 뚫어낼 수 있는 건가?"

슬라임의 단단함을 직접 체험해본 리온은 신을 의아하게 바라보았다.

무스페림에 부여된 속성이 화염이나 번개였다면 이야기가 달라질 테지만, 이것만큼은 어쩔 방법이 없었다.

빛 속성은 언데드나 사령 같은 몬스터에게는 아주 효과적이지만 그 외의 몬스터에게는 별다른 효과가 없었다.

즉, 리온의 공격은 기르슬라이에게 단순한 물리 공격에 불과한 것이다.

"비장의 카드가 있어. 내가 코어까지 가는 길을 만들 테니까 가장 강한 스킬로 코어를 파괴해줘. 코어 자체는 상당히 약하니까 부술 수 있을 거야."

코어를 가진 몬스터는 보통 코어에 대한 직접 공격에 약했고 특히 슬라임 계열의 몬스터는 그런 경향이 강했다.

그 탓인지 게임 시절에는 코어 외의 방어력이 높은 것이 게임의 밸런스를 위해서라는 말까지 있을 정도였다.

그러니 기회만 주어진다면 리온의 스킬로 어렵지 않게 코어를 부술 수 있을 거라고 신은 판단했다.

"신이 가진 비장의 카드인가. 좋다. 내 목숨을 맡기겠다."

리온은 전혀 불안하지 않다는 듯이 기르슬라이를 돌아보았다. 그리고 무스페림을 짊어지듯 들며 언제든 돌진할 수 있도록 준비했다.

신이 없었다면 리온은 지금쯤 기르슬라이에게 쓰러져—아니, 잡아먹혔을 것이다. 필사적으로 저항하는 리온을 비웃던 촉수의 단단함은 떠올리기만 해도 소름이 돋을 정도였다.

하지만 그렇게나 강하던 물질을 신은 단 일격으로 부수었다. 그런 신이 맡겨두라고 말한 것이다.

여기서 물러나는 건 여자로서의 자존심이 허락하지 않는다고 생각한 리온은 온몸에 힘을 주며 의식에서 잡념을 떨쳐냈다.

이 세계에서 강인한 정신은 기술의 위력과 정확도로 이어졌다. 아츠와 스킬을 불문하고 조금이나마 위력을 향상시킬 수 있는 것이다.

리온은 신의 신호를 기다리며 자신이 사용할 스킬에 의식을 집중했다.

"기대에 부응하지 않으면 안 되겠군."

신이 품에서 꺼낸 것은 한 장의 카드였다. 표면에는 화염 모양의 푸른 문양이 그려져 있었다.

"릴리즈(해방)! 【플레어ㆍ버스트】!!"

신은 크게 외치며 카드를 기르슬라이에게 향했다. 그러자 카드가 저절로 찢어지더니 직경 30세메르 정도의 희푸른 구체가 출현했다.

그리고 다음 순간, 구체에서 1메르는 되어 보이는 열광선이 발사되었다.

중심은 하얗고 바깥쪽일수록 푸르게 보이는 그것은 기르슬라이의 코어를 향해 일직선으로 뻗어나갔다.

피할 수 없다고 판단한 기르슬라이는 플레어·버스트가 닿을 방향에 몸의 면적을 집중했다.

공기를 태우며 날아든 열광선이 그곳을 꿰뚫었다.

"―?! ―!!!"

기르슬라이는 필사적으로 버텼지만 애초에 그 몸은 마법 내성이 약했다. 레벨이 오르면서 강화되었다 해도 플레어·버스트에 견뎌낼 수는 없었다.

희푸른 열광선이 사라지자 사선(射線)상에 있던 몸의 부위가 증발된 기르슬라이의 모습이 보였다.

열광선이 코어까지 파괴하지는 못했지만 절반 정도가 드러나 있었다.

원래 몸의 4분의 1 이상이 한 번에 날아간 탓인지 기르슬라이는 열광선을 맞은 직후 상태에서 움직이지 못했다.

"지금!"

"내게 맡겨라!!"

두 사람이 그 틈을 놓칠 리 없었다. 신의 목소리에 반응한 리온이 무스페림을 들고 단숨에 기르슬라이를 향해 돌진했다.

플레어 · 버스트의 위력에 놀라긴 했지만, 적을 쓰러뜨리는 데 집중하고 있던 리온은 그 놀라움을 머리 한구석에 방치해 둔 채 앞으로 달려나갔다.

높아진 집중력은 리온의 능력을 십분 발휘하게 해주었다.

지금까지 본 가장 빠른 속도로 기르슬라이 앞에 도달해서 잔상을 남기며 내리친 무스페림이 희미한 손맛과 함께 코어를 양단했다.

"—?!"

약점이 두 동강 난 기르슬라이는 젤 형태의 몸을 부르르 떨더니 생을 마감했다.

그 뒤에는 지면에 퍼지는 젤 물질과 둘로 쪼개진 보석만이 남았다.

"빨리 보석을 회수하고 움직이자. 싸우는 소리를 감지한 다른 몬스터들이 접근해오고 있어."

"알았다. 길 안내를 부탁한다."

바닥에 떨어진 보석을 달리면서 주워 든 두 사람은 정답으로 보이는 경로로 힘껏 달려갔다.

"그런데 신. 방금 전부터 말투가 꽤나 친근해졌군."

"아……."

리온은 마치 방금 생각났다는 듯이 지적했다.

신의 표정이 일그러졌다. 그의 얼굴은 당황하는 기색이 역력했다.

리온이 무모하게 뛰쳐나가는 걸 급하게 말리느라 나온 반말이 계속 이어져버린 것이다.

"조금은 우리 사이의 벽이 사라졌다고 봐도 될까?"

"아, 이런, 죄송합니다. 전투 중이다 보니 저도 모르게 말투가 거칠어졌나 보네요."

"음, 그냥 그대로 해도 상관없다. 서로에게 목숨을 맡겨야만 하는 상황이다. 쓸데없는 예절에 얽매이다간 서로의 호흡도 안 좋아질 테지."

"그래도 역시 이런 건 분명히 해둬야……."

신의 생각에는 왕족이나 귀족이 존재하는 사회에서 특권계급에게 편하게 말을 놓는 평민은 없을 것 같았다.

"안 된다. 여기는 성지 아닌가. 어떤 사소한 일에 목숨을 잃을지 모른다. 방금 전에도 나를 대하기 어려워해서 말리는 게 늦지 않았나. 내 개인적인 실수로 나 혼자 죽는다면 자업자득이지만 신까지 위기에 처한다면 죽어서도 눈을 감지 못할 거다. 이참에 서로 편하게 대하자. 날 리온이라고 부르도록 해라."

"으음……."

말투의 문제가 어느새 생사와 관련될 만큼 중요한 사안이 되어 있었다.

기르슬라이와 싸울 때의 상황은 신이 리온을 어려워해서

그랬던 건 아니지만, 리온은 그렇게 받아들이고 있는 듯했다.

목숨과 관련되었다는 이야기를 들은 이상 신도 특별한 이유 없이 거절할 수는 없었다.

어느새 리온과 계속 거리를 두기에는 어려운 분위기가 만들어지고 있었다.

"……알았어. 하지만 이런 상황에서는 왕족의 목숨을 우선해야 하는 거 아냐?"

"틀린 말은 아니지만 이런 곳에 나 혼자 남아봐야 무사히 탈출할 수는 없겠지. 서로가 살아 있어야 의미가 있다. 다시한 번 말하지만 이제부터는 편하게 대하도록 해."

거절할 말이 딱히 생각나지 않았던 신은 리온이 말한 조건을 떨떠름하게 받아들였다.

얼굴을 찡그리는 신과 기쁘게 미소 짓는 리온의 모습이 매우 대조적이었다.

"탈출할 때까지만이야."

"음, 뭐, 어쩔 수 없겠군."

신은 두 사람만 있기에 할 수 있는 일이라는 걸 분명히 해두었다.

"……그러면 이 기회에 한 가지 말할게."

신은 약간 분한 느낌이 들었기에 반격에 나서기로 했다.

"다 보인다고. 여러모로."

"응?"

신이 무슨 말을 하는지 이해 못 하겠다는 듯이 리온은 고개를 갸웃거렸다.

"기르슬라이한테 붙잡혔던 곳을 봐볼래?"

"붙잡혔던 곳? —꺄앗!"

신의 말에 자신의 모습을 다시금 확인한 리온은 귀여운 비명을 지르며 그 자리에 주저앉았다. 기르슬라이에게 붙잡힌 부분의 장비와 입고 있던 옷까지 녹아버렸다는 걸 그제야 깨달은 것이다.

정확히 말하자면 성한 곳이 얼마 없었다. 팔과 다리는 살이 거의 그대로 드러나 있었고 핫팬츠는 상당히 아슬아슬한 상태였다.

무사한 건 몸통 부분뿐이었다. 재킷과 용의 가죽을 이용한 갑옷을 2중으로 장비하고 있었던 덕분에 완전히 녹아내리지 않은 것 같았다.

하지만 이것도 군데군데 구멍이 나 있어서, 리온이 여성이라는 걸 생각하면 도저히 남들에게 보여주기 힘든 모습이었다.

기르슬라이의 장비 내구력 감소 효과가 있는 체액은 마지막까지 제대로 임무를 다한 것 같았다.

판타지 생물의 체액이기 때문인지 신기하게도 피부에는 상처 하나 없는 게 불행 중 다행인지도 모른다. 하지만 신은 리온이 지른 비명 쪽이 더욱 신경 쓰였다.

"꺄아?"

"……보지 말아다오."

"아~ 미안……. 어쨌든 이거라도 걸쳐."

보일 듯 말 듯 한 리온의 모습은 차마 똑바로 바라보기 힘들 정도였다. 리온도 상당히 부끄러웠는지 뺨을 붉히며 몸을 움츠리고 있었다.

어쩔 수 없었기에 신은 자기가 입고 있던 웃옷을 리온에게 건네주었다.

"어쨌든 저기 있는 집에 들어가자. 여기서 가만히 있는 건 위험해."

"……알았다."

신은 갑자기 얌전해진 리온의 모습에 당황하면서 근처에 있던 비교적 멀쩡한 폐가를 가리켰다. 주위에 몬스터는 없었지만 일단 어디라도 들어가는 게 나을 거란 판단이었다.

타임 어택 경주를 할 때도 독립 주택 정도 크기의 폐가에 들어갈 수는 있었다.

신은 만약의 사태에 대비해서 리온에게 들키지 않도록 【배리어(방벽)】를 발동했다. 그리고 품에서 아이템 카드를 꺼냈다. 물론 실제로는 아이템 박스에서 꺼낸 것이었다.

"일단은 이걸로 갈아입어. 지금보다는 나을 거야."

신은 꺼낸 아이템 카드를 실체화해서 리온에게 건네주었다. 아이템 박스의 자리만 차지하고 있던 장비 아이템들이었다.

그렇게 강력한 장비를 줄 수는 없었기에 등급 자체는 낮았지만 신이 직접 강화한 만큼, 시판되는 물건들보다 성능이 몇 배는 뛰어났다.

신이 건네준 것은 암충사(岩虫絲)로 만든 셔츠와 블랙 버펄로 가죽으로 만든 재킷, 그리고 왕거미실로 만든 바지였다.

겉보기엔 심플한 흰 셔츠와 갈색 재킷, 검은 바지일 뿐이었다.

"고맙다……. 신은 언제나 이런 걸 준비해두는 건가?"

"일단은 말이지. 내가 살던 곳에는 준비가 철저하면 걱정할 것이 없다는 뜻의 유비무환이라는 말이 있거든."

리온이 알아들을지 몰랐기에 신은 일단 자신의 출신지에서 쓰이던 말인 것처럼 이야기해두었다.

"좋은 말이로군. 그건 그렇고 아이템 카드를 이렇게 잔뜩 가지고 있을 줄이야."

"아는 사람한테 받았어. 미안하지만 이것과 관련된 정보는 절대 가르쳐줄 생각 없어. 그러기로 약속했으니까."

신은 직접 만든 게 아니라 개인적인 인맥을 통해 손에 넣은 것처럼 말했다.

"알았다. 아이템 박스를 가진 사람은 선정자 중에서도 많지 않지. 무작정 캐물을 생각은 없다. 부럽기는 하다만."

아이템 박스의 유용성은 웬만한 스킬들과 비교조차 되지 않았다. 특히 수송 능력으로 말하자면 상업, 군사 같은 분야에서 매우 유용했다.

집요하게 물어보지 않는 걸 보면 리온은 그래도 괜찮은 사람 같았다.

"그런데 신. 빌리는 입장에서 이런 말을 하기는 조금 그렇지만, 조금 더 헐렁한 옷은 없나?"

"어라, 어디가 찢어지기라도 한 거야?"

"아니, 그게 말이지? 조금 꽉 끼어서."

"꽉 끼어? ……아아."

신은 리온의 말을 되뇌다가 그 말에 담긴 의미를 깨달았다.

리온에게 건네준 장비의 사이즈는 신의 체격에 맞춰 고정되어 있었다. 저급 장비에는 사이즈 조절 기능이 없었기에 의심받지 않도록 굳이 그런 기능을 해제해둔 것이다.

하지만 그 탓에 부작용이 발생하고 말았다. 주로 가슴 부분에서 말이다.

"……."

"어이, 어디를 보는 거지?"

"아니, 아무것도 안 봤는데?"

신이 바라본 곳에는 억지로 단추를 채운 탓에 당장이라도 터질 것만 같은 리온의 가슴이 있었다. 게다가 단추를 채운 것도 가슴의 아랫부분뿐이었다. 위쪽으로는 시원하게 열어젖힌 상태였기에 깊은 굴곡을 엿볼 수 있었다.

일반적인 양산형 의복이라면 이 정도로 꽉 끼지는 않았을 것이다. 하지만 리온이 지금 입고 있는 옷은 신의 체격에 맞춰둔 물건이었다.

사이즈 조절 기능은 몸의 체형에 따르기 때문에, 남성치고는 마른 편인 신의 몸에 맞춰진 상태라면 가슴에 여유가 없을 수밖에 없었다.

평균 정도 크기라면 문제가 없었을 테지만, 리온처럼 표준보다 큰 사이즈에는 여러모로 부족했던 것이다.

게다가 소매도 너무 길어서 손등까지 덮고 있었다.

녹아내린 장비를 착용하고 있을 때보다야 나은 복장이었지만, 너무 긴 소매에서 손가락만 내놓고 가슴을 숨기려는 듯이 몸을 비비 꼬는 모습은 아까와는 다른 의미로 선정적이었다.

"미안하지만 옷의 사이즈는 나도 어쩔 수 없어."

"으음, 방법이 없는 건가."

순순히 진실을 알려줄 수는 없었기에 어쩔 수 없는 일로 해두기로 했다. 결코 이대로가 보기 좋아서는 아니었다.

"그건 그렇고 아까 그건 뭐였어?"

"그거?"

"갑자기 꺄앗?! 하고 소리친 것 말이야."

"앗?! 그런 부끄러운 모습을 보이지 않았느냐! 어떻게 멀쩡하게 있을 수 있지?!"

리온은 저항했지만 새빨갛게 물든 얼굴로는 조금도 위압감이 느껴지지 않았다.

"남들만큼 부끄러워할 줄 아는 건가."

"……뭔가 살짝 거슬리는 말이로군."

신의 말을 들은 리온은 그를 가볍게 노려보았다.

"아니, 왕족이나 귀족은 시녀들이 옷 입는 걸 도와준다고 하니까, 남들이 봐도 괜찮아할 줄 알았거든."

전에 읽은 만화와 소설에 그런 장면이 있었기에 리온도 그럴 거라고 생각했던 것이다.

"시녀기 옷 갈아입는 걸 도와주는 것과 남자에게 민망한 모습을 보여주는 게 어떻게 똑같다는 거냐!"

"하지만 옷이 그렇게 엉망이 되면 보통은 바로 알아채지 않아? 그런데 그렇게 당당하게 있으니까 난 또 괜찮은 줄 알았지."

"싸움에 집중했던 것뿐이다!"

슬라임의 강력함과 신이 카드를 통해 사용한 플레어·버스트의 위력 등 리온에게는 놀랄 일이 계속 이어졌을 것이다. 옷에 대한 생각이 머릿속에서 사라져도 어쩔 수 없는 상황이었다.

"그리고 나도 여자다. 비명 정도는 지른다."

"여성스럽지 않다는 말은 아니야. 지금까지의 이미지하고 달라서 그랬던 거지. 생각해보면 기리와이즈와 싸울 때도 전혀 겁먹지 않았잖아. 그래서 그렇게 허둥댈 거라고는 생각하지 못했던 거야."

신은 리온에 대해 그렇게 잘 알지는 못했다. 하지만 지금까지의 보였던 태도를 보면 항상 당당할 것 같은 인상이 강했던 것이다.

　"……위로하려고 하지 않아도 된다. 말투도 이렇고 성격도 이렇지. 여자로서 매력적이라고 하기 힘들다는 건 나도 안다. 싸우는 것밖에 모르는 여자지."

　"아니, 잠깐! 왜 그렇게 침울해하는 거야? 리온이 매력적이지 않다는 말을 하면 전 세계 여자들이 얼마나 화를 내겠냐고."

　이상한 방향으로 이야기가 엇나갔기에 신은 분위기를 바꾸려고 어디선가 들었던 대사를 말해보았다.

　그리고 물론 그건 진실이었다.

　신은 슈니와 티에라 같은 미녀, 미소녀를 많이 봐왔지만 리온을 거기 포함하는 것이 전혀 부자연스럽게 느껴지지 않았다.

　스스로 깨닫진 못하는 것 같지만 리온은 충분히 아름다웠다. 신이 보기엔 왜 그렇게 자신을 비하하는지 이해할 수 없었다.

　"전사로서의 능력과 왕가의 혈통. 내가 자랑할 수 있는 건 그 정도다. 몬스터를 상대로 이 정도로 무력하다면 정략결혼 정도밖에 도움 될 일이 없겠군……."

　"저기, 아까부터 너무 풀이 죽어 있는데, 정말 왜 그러는 거야?"

실내에 들어와 한숨 돌린 뒤부터 그녀는 너무 부정적인 이야기만 하고 있었다. 농담을 할 분위기는 아니었기에 신은 진지한 표정을 지었다.

"방금 전의 싸움 말이다. 나는 조그마한 상처도 입히지 못했다."

마무리를 짓긴 했지만 기르슬라이에게 거의 아무 피해도 주지 못한 게 원인인 것 같았다.

"그건 상성이 문제였어. 물리 공격이 통하지 않는다는 걸 알면 다른 방식으로 싸워야 하는 거지."

"확실히 그렇다. 하지만 만약 똑같은 상대가 나타난다면 나로서는 이길 방법이 없다. 만약 나 혼자였다면 지금쯤……."

풀이 죽은 리온을 보며 신은 어떻게 말을 걸어야 할지 고민했다.

상급 선정자로 살아왔기에, 자신의 힘이 전혀 통하지 않는 상대와 싸워본 적이 없는 것이리라. 하지만 이제부터 행동을 함께하는 이상 이대로 둘 수는 없었다.

"……저기, 리온은 마법 스킬을 사용할 수 없는 거야? 사용할 수 있다면 저항도 못 해보고 당할 일은 없을 텐데."

"글쎄. 언니 정도는 아니지만 초급 마법 스킬 정도는 몇 가지 사용할 수 있다. 하지만 그걸로 어떻게 될 상대가 아니지 않나?"

"초급만 사용할 수 있는 건가. 그러면……."

방법이 전혀 없는 건 아니었다. 물리 공격이 잘 안 통한다면 그 외의 속성을 무기에 부여하면 되는 것이다.

마법과 무예. 양쪽 스킬을 모두 사용할 리온이라면 복합 스킬을 사용할 수 있는 가능성이 있었고, 사용하지 못하더라도 약간의 편법은 존재했다.

다만 그것을 가르쳐줘도 되는지가 문제였다.

신이 이쪽 세계에서 만난 사람 중에서 복합 스킬을 사용할 수 있는 실력자는 흔치 않았다. 그래서 신은 이 세계에서 복합 스킬이 어떻게 인식되는지 아직 알지 못했다.

일반적인 스킬조차 매우 귀중한 것이다. 여러 종류의 스킬을 동시에 발동하는 복합 스킬이 일반적일 리는 없었다.

신은 이참에 슈니에게 물어보기로 했다.

『슈니, 지금 이야기할 수 있어?』

『괜찮아요. 무슨 일이라도 있었나요?』

『확인하고 싶은 게 있는데, 지금 복합 스킬은 어떻게 인식되고 있지?』

『복합 스킬 말인가요. 분명 귀중하긴 하지만 선정자라면 사용할 수도 있다는 식으로 받아들여지고 있어요. 하지만 그런 적은 별로 많지 않죠.』

별로 시간이 없었기에 신은 지금까지 벌어진 일을 짧게 설명했다.

상황을 이해한 슈니는 스킬에 대한 지식을 신에게 말해주었다. 이 세상에서 500년 넘게 살아온 만큼 이 정도의 정보는 망라하고 있었다.

『내가 선정자라면 가르쳐줘도 괜찮을 것 같아?』

『괜찮을 거예요. 상급 선정자라면 여러 가지 복합 스킬을 갖고 있어도 이상할 건 없으니까요.』

『고마워.』

아무래도 괜찮은 것 같았다. 신은 슈니의 정보라면 틀림없을 거라 생각하며 리온에게 조언을 해주기로 했다.

리온은 결코 나쁜 사람이 아니었고 한 나라의 수호자를 이대로 놔둘 수는 없었다.

"저기, 리온. 쓸 수 있는 마법 스킬을 물어봐도 될까?"

"마법 스킬 말인가? 상관없다."

이미 알 사람은 알고 있다고 덧붙이며 리온은 스킬명을 열거해나갔다.

신은 리온이 말한 마법 스킬과 그녀가 사용하던 무예 스킬을 여러 가지로 조합해보았다.

하지만 아무리 해도 초급 마법과 오전(奥伝)급 무예 스킬로 분류되는 【풀문·엣지】를 조합한 복합 스킬은 도무지 생각나지 않았다.

기술의 균형이 맞지 않을뿐더러 애초에 초급 마법 스킬을 사용한 복합 스킬 자체가 많지 않았다.

"어쩔 수 없지. 짝퉁으로 가야겠어."

"짝퉁?"

잠시 생각에 잠기던 신은 복합 스킬은 아니지만 물리 공격에 속성을 부여하는 방법을 가르쳐주기로 했다.

리온이 사용할 수 있는 다른 무예 스킬을 물어본다면 뭔가 좋은 조합을 찾아낼 수 있을지도 몰랐다. 하지만 상대의 능력을 전부 파헤치는 짓은 하고 싶지 않았다.

"혹시나 해서 물어보는 건데 리온은 복합 스킬을 사용할 수 없는…… 거 맞지?"

"그래, 내 마법 스킬은 복합 스킬로 사용할 수 있을 만한 영역에 도달하지 못했다. 시도는 많이 해봤지만 말이다."

"그러면 이런 방법은 시험해봤어?"

신은 리온에게 유사 속성 부여 방법을 설명했다. 정식 방법은 아니었기에 위력이 떨어질 수밖에 없지만 그래도 충분히 강력했다.

"정말 그걸로 가능한 건가?"

"해보면 알아. 나도 우연히 알아낸 것뿐이지만."

"알았다. 한번 해보지."

리온은 화염계 마법 스킬의 기본인 【파이어】를 발동했다. 그러자 리온이 든 무스페림 근처에 30세메르 정도 크기의 불꽃이 생겨났다.

신이 말한 대로 그 상태를 유지하고 있자 불꽃이 차츰 무스페림에 흡수되며 검신이 붉게 물들어갔다.

"자."

신이 가볍게 던진 의자 다리를 무스페림이 마치 두부 썰듯이 깔끔하게 잘라냈다. 절단된 표면은 불에 타 있었고 열이 가해졌다는 걸 분명하게 알 수 있었다.

보조계 마법 스킬 【인챈트·파이어(화염 속성)】나 화염 마법과의 복합 스킬에 비교하면 화력이 조금 부족했지만 그래도 속성 부여 효과임은 틀림없었다.

적어도 빛 속성만 있는 것보다는 훨씬 나을 것이다.

"이건 대체 어떻게 된 거지?"

보조 스킬과 복합 스킬을 사용하지 못하는 리온은 지금의 현상을 전혀 이해하지 못하는 것 같았다. 게임 시절에도 편법으로 인식되었기에 그녀가 모르는 게 당연했다.

"이건 뭐, 굳이 말하자면 【유사 마법 부여·파이어】겠지. 정식 명칭은 나도 몰라. 주의할 점은 등급이 낮은 무기에 사용하면 망가지니까 최소한 전설급은 되어야 한다는 거야. 잘만 활용하면 전용 스킬이 없어도 여러 가지 그럴듯한 효과를 낼 수 있지."

"……대충은 알겠지만 내게 가르쳐줘도 되는 건가? 아무도 모르는 기술일 텐데."

"이 세계에서는 몬스터가 사람들보다 강해. 이런 기술이 보급되면 희생자도 줄어들 거 아냐. 마음에 안 드는 부분이라도 있어?"

"전부 마음에 안 든다. 난 계속 너에게 받기만 하고 있지 않은가."

리온은 어설픈 박애주의에 납득해주지는 않았다. 신이 가르쳐준 기술의 엄청난 활용성을 이해하고 있는 것이리라.

"직접 써보니 알겠다. 이건 아츠에도 응용할 수 있다. 아츠라면 내구도가 낮은 무기라도 사용할 수 있을 테고 전투 외에도 다양한 사용 방법이 있겠지. 이 정보의 가치는 제일 금화보다도 높다. 그걸 알면서 그러는 거냐?"

"그렇게 무서운 표정 안 지어도 알고 있어. 뭐 어때. 그 정도로 가치 있는 정보를 얻은 거잖아. 왕족이라면 기뻐해야 하는 거 아냐?"

신은 정색하며 말하는 리온을 달래면서 당연한 도리를 이야기했다.

"하지만 그건……."

"납득할 수 없다는 건가. 그러면—."

신은 그에 어울리는 이유를 주기로 했다.

"지켜. 나라를, 백성을, 자신이 지키고 싶다고 바라는 모든 것을."

그것이 이 기술을 가르쳐주는 대가라고 덧붙이며 신은 리온을 바라보았다.

"신, 너는……."

리온은 신의 말에 담긴 깊은 뜻을 알아채고 말을 잇지 못했다. 신이 마치 소중한 사람을 지키지 못한 과거의 자신을 후회하고 있는 것처럼 느껴졌기 때문이다.

—그래서일까.

'위험해. 그럴듯한 말로 얼버무리긴 했지만, 게임에서는 별로 도움도 안 되던 기술을 가르쳐준 걸로 존경의 눈빛을 받으니 갑자기 엄청 미안해지잖아!'

물론 리온이 그런 신의 마음을 알아챌 리는 없었다.

†

"신의 마음은 잘 알았다. 반드시 유용하게 쓰겠다!"

진실을 모르는 리온은 주먹을 불끈 쥐며 결의를 다졌다. 왠지 모르게 눈빛이 뜨거워진 것 같기도 했다.

"어쨌든 이제 괜찮은 거지?"

"걱정 마라. 방금 전의 내가 아니다!"

"의욕에 넘치는 와중에 미안하지만 전투는 피해서 갈 거거든."

"나도 그 정도는 이해하고 있다. 잘 부탁한다."

부활한 리온이 너무 앞서갈까 봐 신은 걱정했지만 그 정도로 막무가내는 아니었다.

다만 예상대로라고 해야 할지, 기분이 상당히 상기된 상태였다.

"신과 함께 있으면 많은 것을 배우게 되는군. 약혼도 나쁘지 않을 거란 생각이 든다."

"나한테는 약혼자가 있어. 포기해줘."

신은 서로의 거리가 점점 가까워지는 것 같아서 묘하게 불안했다.

리온은 약혼자가 있다는 말에 조금 놀랐지만 쓸데없는 잡담을 할 생각은 없는 것 같았다. 덕분에 두 사람의 이동은 순조롭게 이루어졌다.

도시의 중심부에 접근했을 때 신은 성지의 중심에 안개 같은 것이 자욱하게 낀 것을 발견했다.

"뭐지?"

그 안개가 신경 쓰인 신은 리온에게 기다리라고 말한 뒤 시야가 탁 트인 곳으로 이동해 스킬로 중심부를 관찰했다.

중심부는 주위보다 조금 높은 위치였기에 장소에 따라서는 지붕 위에 올라서지 않아도 보였던 것이다.

성지 내부는 어디든 엉망이었지만 중심부의 건물만큼은 그대로 남아 있었다. 게임을 처음 시작했을 때는 자주 오던 곳이었기에 신도 희미하게나마 기억이 났다.

신이 다시 안개 쪽으로 시선을 돌리자 한순간 그 안에서 무언가가 움직인 것처럼 보였다.

"무언가가 있는 건가?"

신은 정체를 확인하기 위해 안개에 시선을 집중했다.

몇 초 뒤에 다시 안개 속에서 무언가가 움직인 순간, 신은 안개 쪽으로 빨려 들어가는 감각에 휩싸였다.

"으억?!"

신은 갑작스러운 사태에 몸의 균형을 잃었지만 바로 자세를 가다듬었다.

"왜 그러지? 갑자기 소리를 지르고."

"아니, 갑자기 빨려 들어가는 느낌이 들었어. 지금은 아무렇지 않지만."

균형을 잃은 건 짧은 순간이었고 다시 안개를 바라봐도 느껴지는 건 특별히 없었다.

한 곳을 계속 응시했던 탓에 몸의 중심이 앞으로 쏠린 것 같기도 했다.

"나는 아무것도 느끼지 못했다만."

"대체 뭐였던 건지 모르겠네."

신은 똑같은 일이 벌어지지 않을까 해서 한동안 안개를 바라보았지만 결국은 아무것도 느낄 수 없었다.

"시간을 잡아먹어서 미안. 이제 가자."

"괜찮겠어? 궁금한 것 아니었나?"

"꼭 지금이 아니더라도 나중에 오면 돼. 이런 상황에서 더 이상 고집을 부릴 생각은 없어."

공주를 데리고 위험한 성지를 느긋하게 조사하고 다닐 수도 없는 일이었다. 신은 우선순위를 재확인하며 리온과 함께 이동을 재개했다.

그리고 전송 포인트를 3번 더 이용했을 때 신과 리온은 드디어 남문 안쪽에 있는 공터에 도착했다.

만약을 위해 주위를 경계하면서 성문과 멀어지는 방향의 샛길로 이동하자 이제는 아무 방해도 받지 않았다.

"아무래도 결승점에 도착한 것 같아. 이제 경로를 신경 쓸 필요는 없겠어."

"아아, 이제 겨우 탈출할 수 있겠군."

리온의 말이 맞는다면 이 남문은 성지 조사에 사용되는 곳이었기에 두 사람은 즉시 이동했다.

"저기로군."

신과 리온 앞에 곧 카르키아의 남문이 모습을 드러냈다.

공터에서는 건물 때문에 일부가 가려졌지만 성문의 모습은 게임 시절과 다를 게 없었다. 방어 마법이 부여된 중후한 문이었다.

"이게 뭐야……."

하지만 출구를 앞에 둔 신의 입에서는 낙담하는 목소리가 흘러나왔다.

왜냐하면 리온이 말한 위병용 출입구는 철저히 파괴되어 잔해에 파묻혀 있었기 때문이었다.

출입구는 벽보다 약했기에 무너져 내려도 이상할 건 없었다. 하지만 자연스럽게 무너진 게 아니라는 것만은 확실했다.

"이건 몬스터끼리 싸우다가 우연히 출입구에 공격이 들어갔다고 판단해야 하려나?"

"출입구 외에도 곳곳에 흠집이 나 있지만 이것만 봐선 모르겠군."

얼핏 보면 출입구 표면에 시멘트를 부어 굳혀놓은 것 같았다. 신이 가볍게 두드려봐도 단단한 감촉이 느껴질 뿐이었다.

표면을 날려버리는 것 정도야 간단하지만 내부까지 파묻혀 있다면 벽과 다를 것이 없었다.

주위에는 출입구를 틀어막은 시멘트 같은 물질이 넓게 흩뿌려져 있었고 마찬가지로 딱딱하게 굳어 있었다.

"이렇게 되면 문을 기어오르는 것도……. 아니, 저건 뭐지?"

최종 수단으로 벽을 억지로 기어 올라가는 방법을 생각하던 신이 시선을 들자 성지를 둘러싼 벽 위로 평범한 하늘과는 다른 광경이 펼쳐져 있었다.

"이건 나도 모르겠군."

마찬가지로 하늘을 올려다본 리온이 중얼거렸다.

"결계인가?"

신이 주위를 둘러보자 돔 형태의 반투명한 막이 도시를 뒤덮듯이 형성된 것이 보였다. 【월(장벽)】이나 【배리어(방벽)】를 전개했을 때와 비슷해 보였기에 신은 그것이 일종의 결계가 아닐까 생각했다.

게임 시절에는 이벤트를 제외하면 도시 안으로 비행 몬스터가 들어올 수 없게 되어 있었다. 따라서 이쪽 세계에 이런 보호막이 존재해도 이상할 건 없었다.

"한번 시험해볼까."

신은 발밑에 굴러다니던 돌멩이를 주워 들고 하늘을 향해 있는 힘껏 던졌다.

능력치가 제한되긴 했어도 상급 선정자 수준의 근력으로 내던진 돌은 위력이 줄어들지 않고 벽 위까지 날아가다 막에 부딪쳤다.

결계는 신의 예상과는 달리 전기가 튄 것처럼 파직 하는 소리를 내더니 돌을 순식간에 산산조각 냈다. 그리고 떨어진 가루는 바람에 흩날리며 사라졌다.

"벽 위에서 밖으로 나가긴 힘들겠는데."

"그렇군. 저래선 섣불리 건드릴 수도 없을 것 같다."

리온도 신의 의견에 동의했다.

어느 정도의 출력으로 결계가 전개되었는지는 알 수 없지만 잘못 건드렸다간 가벼운 화상 정도로 끝나지 않을 것이다.

신이 자신의 모든 힘을 발휘하면 뚫어낼 수 있을지도 모른다. 하지만 리온 앞에서 그럴 수는 없었기에 현재로서는 최종 수단으로 남겨두기로 했다.

　"다른 문은 사용할 수 없는 거야?"

　"침입용으로 확보해둔 건 여기뿐이다. 위험한 몬스터 때문에 문을 쉽게 열어둘 수는 없으니까 말이지. 만약의 사태에 대비해 이곳만 열어둔 거다. 그리고 다른 문의 출입구는 천재지변의 영향으로 애초에 무너져 내렸다. 작은 동물이라면 모를까, 사람이 지나갈 수 있을 만한 틈은 없지."

　성지의 조사 결과는 각국이 공유하고 있었기에 리온도 자세한 내용을 알고 있었다.

　"그렇다면 출입구를 억지로 돌파하거나 성문 자체를 열 수밖에 없는 건가."

　문의 개폐 장치는 출입구를 통해 들어간 성벽 내부에 있으며 문을 여는 방법은 어디든 동일했다.

　성벽 밖으로 통하는 부분은 무너져 내렸어도 개폐 장치가 있는 관리실은 무사할 수도 있었다.

　현재로서는 남문에서 할 수 있는 일이 없었기에 두 사람은 일단 동문으로 향했다.

✝

"……이상하군."

"응? 왜 그러지?"

신이 이동 중에 중얼거리자 리온이 물었다.

"몬스터의 반응이 거의 사라졌어. 되도록 몬스터가 적은 길을 골라 오긴 했지만, 아무리 그래도 반응이 너무 없는데."

위화감을 느낀 신이 미니맵을 바라보자 성지 내에 존재하는 몬스터는 이미 몇 마리밖에 남아 있지 않았다. 전송 포인트를 이용하며 남문으로 향할 때와는 비교도 되지 않을 만큼 적은 숫자였다.

신과 리온이 쓰러뜨린 기리와이즈, 기르슬라이 이외의 몬스터들은 대체 어디로 사라진 걸까.

"확실히 이상하긴 하지만 이동하기 편해졌으니 된 것 아닌가?"

"그건 그렇지만 리온이 가르쳐준 정보와 다른 부분이 많다 보니까 이제부터 벌어질 어떤 일의 전조가 아닌가 싶은 생각이 들어."

남문의 출입구가 무너져 내린 게 우연이라 해도 벽 위에는 탈출을 가로막는 결계까지 펼쳐져 있었다. 마치 외부와의 접점을 차단해서 안에 있는 자들을 가둬두려는 것 같았다.

"그렇다면 더욱 빨리 밖으로 나가야겠군. 서두르자."

"언제 어디서 적이 나타날지 몰라. 계속 경계는 하고 있어."

불길한 예감이 들었지만 시간을 끌어봐야 별수 없다는 생각에 두 사람은 더욱 빨리 달렸다.

지붕 위로 이동하면 몬스터의 눈에 띄거나 집이 무너질 위험이 있었기에 순순히 벽을 따라 난 길로 나아갔다.

그 와중에 신은 어떤 사실을 깨달았다.

"……벽이 빛나고 있는 것 같지 않아?"

"그렇군. 이런 현상은 들어본 적이 없다."

처음에는 기분 탓인 줄 알았지만 지금 보면 두 사람 옆으로 높이 솟은 성벽이 분명한 빛을 내고 있었다.

아이스블루와 에메랄드그린의 두 가지 색이 뒤섞인 빛이 신과 리온의 앞쪽을 향해 흘러갔다.

"저기…… 이대로 나아가는 건 위험할 것 같다는 생각이 드는데."

"동감이다. 하지만 우리에게 지금 도망칠 수 있는 곳은 없다. 그렇다면 차라리 무슨 일이 벌어지는지 확인하고 대응책을 고민해야 하지 않을까?"

출구가 막힌 것이다. 이제 와서 위험을 피하려 해봐야 큰 의미는 없다고 리온이 말했다.

"그야 맞는 말이지만~ 사람이라면 누구나 성가신 일을 피하고 싶어 하잖아."

눈앞에서 벌어지는 현상은 신도 처음 겪는 일이었다.

이런 화려한 이벤트가 있었다면 분명 기억에 남았을 것이다. 그렇지 않은 걸 보면 게임 시절에 겪어보지 못한 미지의 사태인 게 분명했다.

"나도 이해는 한다. 자, 보이는군."

장난스럽게 말하는 신과 쓴웃음을 짓는 리온의 시야에 동문이 보이기 시작했다.

아무래도 북쪽에서도 빛의 분류가 동문을 향해 흘러들고 있는 것 같았다.

"문에 집중되고 있는 건가? ……조금 더 가까워지면 모습을 숨기고 정찰하는 편이 좋겠군."

모든 문에서 똑같은 일이 벌어지고 있는지는 알 수 없었다. 지금은 신중을 기해야 했다.

동문 앞에는 큰길과 두 사람이 달려온 벽 쪽 길이 합류하는 넓은 공터가 펼쳐져 있었다.

신과 리온은 큰길에 면한 여관에 들어가 맨 위층 창문을 통해 성문을 관찰하기로 했다.

"뭔가 커다란 구체가 있는데."

문 앞에는 놀랍게도 푸른색의 거대한 구체가 나타나 있었다.

대충 직경 5메르는 되어 보이는 구체의 표면이 이따금씩 녹색으로 반짝였다.

벽을 따라 이동하던 마력이 구체에 흘러드는 것도 확인할 수 있었다.

"이번 변화는 저게 원인인 건가?"

"그럴지도 모르지. 난 한 번도 못 봤지만 몬스터가 탄생할 때는 저런 느낌이려나?"

이 세계에서는 마력에서 몬스터가 생겨난다. 신은 리온이라면 본 적이 있을까 싶어 물어보았다.

"아니, 마력 웅덩이에서 태어날 때는 주위 풍경이 일그러지면서 몬스터의 형태를 이룬다. 그 뒤에 껍질을 깨고 나오듯 출현하지. 저런 구체는 본 적이 없다."

"그렇다면 일반적이지 않은 몬스터이거나, 몬스터와는 거리가 먼 존재라는 건가."

움직임이 없는 구체를 바라보며 신은 그것의 정체에 대해 골똘히 생각해보았다.

신의 미니맵에서는 구체가 녹색 마크로 표시되었다. 중립을 나타내는 의미였다.

하지만 평소에는 녹색 마크로 표시되다가 플레이어가 접근하면 적대자를 나타내는 빨간색으로 바뀌는 몬스터도 있었기에 방심할 수는 없었다.

"혹시 모르니까 원래 장비로 변경해야겠어. 리온도 이걸 받아."

신은 일괄 변경 기능을 이용해, 지라트와 싸울 때도 입었던 명왕 시리즈로 장비를 바꾸었다.

검은색의 코트와 바지, 붉은색의 팔 덮개와 다리 갑옷, 검은 천에 붉은 번개 문양이 들어간 머플러 등 어중간한 공격으로는 상처 하나 낼 수 없는 방어구였다.

신은 그와는 별도로 장갑 한 켤레를 실체화해서 리온에게 내밀었다.

"이건?"

"【수호자의 장갑】이라는 건데 장비자의 마법이나 상태 이상에 대한 저항을 높여주는 기능이 있어. 가장 큰 효과는 장비한 녀석이 치명상을 입게 되면 장갑이 대미지를 대신 받아주는 점이지. 이제부터 무슨 일이 생길지 모르잖아. 혹시 모르니까 장비하고 있으라고."

"괜찮은 건가? 상당히 귀중한 물건일 텐데."

리온이 장갑을 바라보며 물었다.

겉보기에는 은색의 철제 장갑이었지만 사용된 소재는 오리할콘이었다.

표면의 붉은 문양은 미스릴과 히히이로카네를 특수한 방법으로 녹인 도료로 그려졌고, 완전히 파괴되지 않는 이상 자기 수복까지 가능했다.

등급으로 따지면 전설급이었지만 신의 손에 강화되었기에 강도는 신화급에 견줄 수 있었다. 위험한 순간에 장갑으로 공격을 막아내면 대미지를 대신 흡수해주는 효과와 더불어 높은 방어력을 발휘할 수 있었다.

"난 이 팔 덮개가 있으니까 괜찮아. 그 옷도 웬만한 갑옷보다는 훨씬 튼튼하지만 이번에는 예측할 수 없는 일이 너무 많으니까 말이지. 방금 전에도 말했지만 준비가 잘되어 있으면 걱정할 게 없잖아."

신은 그렇게 말하며 자신의 양팔에 장비한 진홍색 팔 덮개를 들어 보였다.

명왕의 팔 덮개라 불리는 그 아이템은 함정과 도난 같은 효과를 가진 스킬을 막아내는 효과가 있었다. 또한 일부 대미지를 반사할 수도 있었기에 성능으로 보면 수호자의 장갑이 상대도 되지 않았다.

"……알았다. 고맙게 쓰지."

리온이 손에 끼자 장갑이 희미하게 빛났고 손과 팔에 딱 맞도록 사이즈가 바뀌었다.

"손에 안 맞을까 봐 걱정했는데, 정말 굉장하군."

"비장의 아이템이니까 말이지. 나중에 돌려줘야 해."

"알고 있다. 하지만 왠지 신에게 보호받고 있는 기분이 든다."

"농담은—앗, 이야기는 여기까지. 구체가 움직이기 시작했어."

"저건 균열인가?"

신이 재촉하자 리온도 구체 쪽으로 눈을 돌렸다. 구체 표면에 조금씩 금이 가기 시작하면서 알이 부화하는 장면을 연상시켰다.

"뭐랄까, 딱 봐도 이제부터 뭔가가 태어날 것 같은 느낌이군."

"그런 것 같다. 게다가 방금 전까지 빛나던 벽도 지금은 잠잠해졌다. 역할을 끝냈다고 봐도 되겠군."

신은 벽을 올려다보았다. 벽 혹은 도시 전체가 일종의 장치가 되어 구체에 마력을 공급해준 모양이었다.

신은 대체 어떤 존재가 이런 일을 할 수 있는지 알지 못했다. 게임 속의 운영자나 GM이라면 가능했을 테지만, 신은 지금도 그런 존재가 있다면 당장 자신을 원래 세계로 돌려놓으라고 말하고 싶었다.

그렇다면 지금 이 현상은 무엇이란 말인가.

그렇게 생각한 순간, 신은 문득 방금 전 성지의 중심부에서 끌어당겨지는 느낌을 받았던 것과 관련이 있을지도 모른다는 예감이 들었다.

"—신, 나올 것 같다."

"시작된 건가……."

생각이 정리되기도 전에 구체가 움직이기 시작했다.

신이 구체 쪽으로 시선을 돌리자 조금씩 커져가던 균열이 이미 표면 전체를 뒤덮고 있었다.

군데군데에서 빛이 새어 나왔고, 그 불길하게 반짝이는 빛

은 구체 내부에서 어떤 존재가 움직이고 있다는 것을 신과 리
온에게 알려주었다.

얼음의 익수(翼獸) Chapter 4

THE NEW GATE

신 일행이 지켜본 지 1분 정도가 지났을 때 이윽고 구체는
한계에 달했다.

"KyuAAAAAAAAAAAAAAAA!"

　유리 깨지는 듯한 소리와 함께 구체를 깨고 나온 무언가가
크게 포효했다.

"저건 뭐지?"

　리온은 그곳에 출현한 몬스터를 처음 보는 것 같았다.

"……그리폰 같은데."

"그리폰?"

"보통 고지나 숲에 서식하는 몬스터야."

　신은 설명하면서 분석 스킬을 사용했다.

　―【rbh%t&의 수호자 Lv $%&】

"글자 출력 오류인가……. 수호자?"

　표시된 이름 중에서 간신히 읽을 수 있는 부분을 보며 신은
고개를 갸웃거렸다.

　수호자라는 이름이 붙은 몬스터는 나름대로 많았다.

　하지만 플레이어의 거점인 도시에 출현하는 건 전신 갑옷
을 입은 거대한 골렘이었다. 게다가 특수한 이벤트라도 발생

하지 않는 한 나타나지 않았다.

지금 눈앞에 있는 건 결정(結晶)의 날개를 가진 그리폰이었다.

날개는 파란색의 투명한 물질로 구성되어 있었고 곳곳에 각이 져서 그런지 생물에게서는 보기 힘든 중후함이 느껴졌다.

"저건 얼음인가?"

신은 그리폰의 날개에서 나오는 냉기가 주위에 하얀 안개를 발생시키는 것을 보고, 날개를 구성한 물질은 얼음 결정일 거라고 판단했다.

자세히 관찰하자 이마에서 뻗어 나온 뿔, 앞다리에서 발톱까지도 얼음으로 뒤덮여 있었다. 그것들은 날개와 똑같은 색이었지만 군데군데 녹색도 섞여 있었다.

앞발의 얼음 탓인지 지면 일부도 이미 얼어붙은 상태였다.

"……."

"신, 왜 그러지?"

"……아니, 확실히 내가 아는 몬스터와 비슷하지만 미묘하게 달라서 말이야."

비슷한 몬스터란 빙설 지대에 출현하는 『글라스블루·그리폰』이라는 개체였다.

다만 글라스블루·그리폰은 온몸이 크리스털 같은 결정으로 되어 있었기에 겉모습부터 지금 출현한 그리폰과는 달랐다.

애초에 몸길이가 5메르를 넘는 거대한 그리폰이 있다는 말을 신은 들어본 적이 없었다.

"이쪽을 보고 있다."

실컷 포효한 그리폰은 신과 리온이 있는 방향으로 시선을 돌렸다. 똑바로 시선이 마주친 이상 착각은 아닐 것이다.

"Kyuiiiiiiiiiiiiiiii!!"

"음! 공격하려는 건가."

"여기 머물러 있는 건 위험해. 벽을 뚫고 나가자!"

신은 그렇게 외치면서 건물의 벽을 뚫고 밖으로 뛰어내렸다. 리온이 그를 따라 뛰어내리자마자 그리폰이 내뿜은 얼음 브레스가 건물에 직격되었다.

건물은 순식간에 얼어붙었다. 그리폰은 두 사람이 도망치는 것을 보고 있었는지 브레스를 뿜으면서 고개를 돌려 신 일행을 브레스의 범위 내로 집어넣으려 했다.

"이런! 잠깐 날아가자!"

"꺄앗, 뭘 하는 거냐?!"

신은 자신들을 노리는 브레스를 보며 리온을 안아 든 채로 공중으로 도약했다.

이동계 무예 스킬 【비영】에 의한 공중 이동으로 브레스를 피하며 다른 건물 뒤로 뛰어내린 것이다.

"브레스로 휩쓸어버리려고 한 건가. 그리폰에게 그런 공격 능력은 없을 텐데……."

"그, 그런 거냐? 그런데 신. 이제 슬슬 내려주었으면 하는데."

신의 품에 안겨 있던 리온이 더듬거리며 말했다.

지금 리온은 흔히 말하는 공주님 안기 자세로 신에게 안겨 있었다.

"아아, 미안. 급한 상황이라 내 옆구리에 끼는 게 아니면 이렇게 할 수밖에 없었어."

신이 리온의 팔을 잡아당기며 브레스를 피할 때 옆구리에 낄 수도 있었지만, 아무래도 공주에게 그래서는 안 될 것 같아 방법을 바꾼 것이다.

"정말이지 너는……. 그런데 어떻게 할 거지? 우리 모습을 보이자마자 공격해오면 접근할 수 없다."

"저런 공격은 숨 고르기든 마력의 재충전이든 어디선가 공격이 중단되는 타이밍이 있어. 그때를 노려서 단숨에 공격할 수밖에 없겠지. 정면은 내가 맡을 테니까 리온은 건물에 숨어 있다가 뒤를 노려줘."

예상이 빗나가긴 했지만 그리폰의 공략 방법은 신도 알고 있었다. 신이 브레스의 직격을 맞아도 즉사하진 않을 것이다.

"괜찮은 거냐?"

"맡겨줘. 맞을 생각은 없고, 맞아도 방법이 있으니까."

걱정해주는 리온에게 고개를 끄덕여 보이며 신은 몸을 일으켰다. 그리고 리온이 이동하는 것을 지켜본 뒤에 건물 밖으로 뛰쳐나왔다.

"KyuAAAA!!"

그리폰이 바로 브레스를 내뿜었다. 마치 그곳에 있는 걸 알고 있었다는 듯이 정확한 조준이었다.

신은 일직선으로 뻗어오는 브레스를 몸을 낮춰 피한 뒤 빠르게 돌진했다.

당연히 그리폰은 브레스의 방향을 바꾸었지만 똑같은 공격은 신에게 별다른 위협이 되지 못했다.

신은 이동계 무예 스킬 【비영】과 【축지】를 병용해서 때로는 뛰어넘고 때로는 바닥을 미끄러지며 속도를 거의 줄이지 않고 그리폰에게 접근했다.

"자, 자, 이쪽이야. 어딜 노리는 거냐고!"

신은 도발 스킬 중 하나인 【크라운·노이즈】를 발동하며 큰 소리로 그리폰의 약을 올렸다. 그의 움직임을 보고 브레스가 맞지 않을 거라 판단한 그리폰은 왼쪽 앞발로 신을 노렸다.

신은 얼음으로 된 발톱을 카쿠라로 맞받아쳤다. 자신의 강한 근력을 이용해 그리폰의 앞발을 올려친 것이다.

"KyuI!"

"으억?!"

그리폰과 격돌한 신은 상대의 묵직한 힘에 놀라고 말았다. 카쿠라가 얼음 발톱에 밀려나자 신은 즉시 뒤쪽으로 몸을 날렸다.

"무슨 그리폰이 이렇게 힘이 세냐고…….."

게임 시절의 그리폰은 그렇게 강한 몬스터가 아니었다. 종류에 따라 다르긴 해도 최고 레벨은 600 정도였고 최강이라기엔 약간 부족한 상대였던 것이다.

하지만 이 그리폰은 다른 것 같았다.

【리미트】로 조절했다지만 신의 STR은 500이 넘었다. 카쿠라의 무기 보정이 더해지면 600에 가까울 것이다.

그런 신의 힘을 가볍게 압도하는 걸 보면 그리폰의 STR은 700 이상이라는 결론이 나온다.

"너무 얕본 건가. 하긴 몸집이 크니까 힘도 좋겠지. 나도 리온한테 뭐라고 할 입장이 못 되는군."

신은 겉모습에 속은 자신을 책망하듯 중얼거리며 【리미트】를 Ⅱ까지 내렸다.

완전 해방은 아니었지만 능력치는 게임 때의 999보다 높았다. 최강의 보스 몬스터가 아닌 이상 지금 신의 공격을 막아낼 수는 없었다.

완전 해방을 하지 않는 건 공격했을 때의 위력을 스스로도 예측할 수 없기 때문이었다.

슈니와 달리 리온은 거기 휘말리는 순간 끝장이었다. 전에 스컬페이스·로드와 싸울 때처럼 주위 피해를 고려하지 않고 공격할 수 있는 상황이 아니었다.

"이걸로 쓰러뜨릴 수 없다면 골치 아파지는 건데 말이지."

신은 방금 전과 똑같이 그리폰에게 무기를 휘둘렀다. 그러자 그리폰도 얼음 발톱을 치켜들며 신에게 덤벼들었다.

"하앗!"

"KyuA?!"

기합 소리와 함께 무기가 번쩍였다.

정면으로 부딪친 카쿠라와 얼음 발톱―이번에는 카쿠라 쪽이 우세했다.

신의 압도적인 완력에 견디지 못하고 그리폰의 왼쪽 앞발을 뒤덮은 얼음이 산산조각 났다. 하지만 얼음이 충격을 흡수해주었는지 그리폰의 다리 자체는 무사했다.

물론 타격이 전혀 없지는 않았기에 그리폰은 앞발을 들어 올린 상태로 몸을 비틀거렸다.

"칫!"

그러나 그리폰의 다리를 뒤덮은 얼음은 깨지는 것과 동시에 창처럼 변화하며 신에게 날아들었다. 깜짝 놀란 신은 공격할 기회를 놓치고 말았다.

"다리를 덮은 얼음도 단순한 얼음이 아니라는―거군!"

예상치 못한 능력을 목격한 신은 추가로 날아온 얼음 창을 재빨리 피했다.

두 번째 얼음 창은 그리폰의 날개에서 발사되었다. 크게 펼친 날개에서 파란색과 녹색의 크고 작은 얼음 창이 신의 퇴로를 가로막듯 난사되었다.

그리폰도 조금은 대미지를 입었는지 움직임이 둔해져 있었
다.

"KyI!"

그리폰이 크게 울자 왼쪽 앞발이 다시금 얼음에 뒤덮였다.
그러자 불안해 보이던 앞발의 움직임이 원래대로 회복되었
다.

얼음을 부순다 해도 전투력이 떨어지지는 않는 것 같았다.

"브레스 다음은 탄막이냐……."

신은 카쿠라로 얼음 창을 부수면서 다시 한 번 그리폰의 주
의를 끌었다. 그의 시야 한쪽에서는 그리폰의 등 뒤로 몰래
다가가는 리온의 모습이 보였다.

신은 서 있는 위치를 계속 바꾸어가며 그리폰의 공격 범위
를 확인했다.

브레스는 목이 돌아가는 범위 내에만 사용할 수 있었다. 얼
음 창도 기본적으로 앞 방향에만 쏠 수 있는지, 신이 옆으로
파고들자 공격당하지 않았다.

얼음 발톱은 네 발에 모두 장비되었지만 리온은 신이 발톱
을 파괴하는 장면을 지켜보았을 것이다. 지금이라면 그리폰
의 허를 찌를 수 있었다.

"신중에 신중을 기하라고 했었지."

그리폰의 뒤에서 무스페림을 치켜드는 리온을 보며 신은
스킬【수라의 광분】을 발동했다.

지금은 주위에 다른 몬스터가 없지만 언제 출현할지 알 수 없었다.

그래서 넓은 범위 내의 적의 주의를 끄는 도발 스킬을 사용하고, 적 하나의 어그로를 끄는 【크라운·노이즈】까지 덧씌워서 리온이 오히려 불의의 일격을 당하지 않도록 했다.

"KyuA!"

"그래, 이쪽을 보라고!"

신은 산발적인 공격을 가하면서 그리폰의 위치를 유도했다.

그리고 그리폰이 얼음 창을 발사하기 위해 날개를 펼친 순간, 리온이 공격해 들어갔다.

"—하앗!"

선명한 오렌지색 빛을 두른 무스페림이 그리폰의 오른쪽 날갯죽지를 정통으로 때렸다. 하지만 날개는 보기보다 훨씬 단단해서 리온이 여러 번 검을 내리쳐도 거의 상처를 입지 않았다.

"하아아아아!!"

한층 힘이 들어간 기합 소리와 함께 내리친 일격으로 그리폰의 날개에 간신히 작은 상처를 낼 수 있었다.

그러나 그 정도로는 그리폰의 움직임을 제한할 수 없었다.

리온은 발버둥치는 그리폰의 등에 올라탄 채로 공격을 계속했다. 무스페림을 뒤덮은 오렌지색 빛이 연속으로 호를 그

렸다.

리온이 무스페림을 휘두르는 속도는 평소보다 빨랐고 위력도 속도에 비례해서 증가했다.

그리폰은 털까지 단단했기에 대미지를 거의 주지 못했지만, 근접전 특화 선정자인 리온에게 등을 잡힌 이상 제아무리 그리폰이라도 마음껏 움직일 수는 없었다. 어떻게든 리온을 떨어뜨리려고 했지만 역부족이었다.

리온이 그리폰을 일방적으로 공격할 수 있는 건 기습한 데다 검술계 무예 스킬 【타일런트·비트】를 발동했기 때문이었다.

발동 중에는 마법 스킬을 사용할 수 없게 되지만, 그 대신 공격력과 공격 속도가 1.4배까지 올라가고 공격이 명중될 때마다 짧은 기절 효과까지 주는 스킬이었다.

기절 지속 시간은 짧았지만 조건만 갖추어지면 상대를 일방적으로 유린할 수 있었다. 게임 때는 물리 공격에 중점을 두는 플레이어들이 자주 사용하곤 했다.

"큭, 스킬이 끝났군! 미안하지만 뒷일을 부탁한다!"

"알았어!"

목 뒤와 등을 난도질당한 그리폰은 상처에서 소량의 청색 증기를 내뿜고 있었다.

자세히 보니 상처에서 분출되는 건 안개와 비슷한 청색 물보라였다. 체액은 아닌 것 같았고 증기처럼 30세메르 정도 피어오르다가 공중에 녹아들듯이 사라지고 있었다.

"뭔가가 새어 나오고 있는데? 아니, 체액이 증발되는 건가?"

그리폰의 상태를 살피던 신은 처음 보는 현상에 대해 여러 가지 추측을 했다.

"GRUUUU!!"

리온이 떨어지자 그리폰은 크게 날갯짓을 하며 신을 돌아보았다. 네 개의 다리는 땅을 단단하게 딛고 서 있었다.

애널라이즈로 보이는 그리폰의 HP는 거의 완쾌된 상태였다.

레벨 표시에 오류가 있었기에 어느 정도의 몬스터인지는 판단하기 힘들었지만, 지금까지 그리폰이 받은 총 대미지를 생각해보면 레벨은 800을 넘는다고 예상할 수 있었다.

동물 타입 몬스터는 대체로 방어력이 높지 않지만 눈앞의 그리폰은 거기 해당되지 않는 모양이었다.

"성가신 녀석이군."

신은 리온이 공격당하지 않도록 도발하면서 그리폰을 공격했다. 그가 노리는 곳은 얼음에 덮여 있지 않은 부분이었다.

신은 그리폰이 내쏘는 얼음 창을 피하며 몸통을 향해 있는 힘껏 카쿠라를 휘둘렀다. 그러자 고무를 때리는 듯한 묵직한 느낌이 돌아왔다.

"KyII?!"

그리폰의 몸이 옆으로 미끄러졌다. 카쿠라가 명중한 부위
는 움푹 패어 들어간 상태였다.

타격용 무기면서도 엄청난 위력 덕분에 검처럼 적을 베어
온 카쿠라도 그리폰을 상대로는 역부족이었다.

"GRUUU……."

일반적인 생물이라면 내장이 파열되었을 공격을 받아내고
서도 그리폰은 신을 위협하듯 낮게 으르렁거렸다.

타격을 준 신에게 경계심을 품었다기보다 약이 바싹 올라
있는 듯한 울음소리였다.

"신! 괜찮은가?!"

"이쪽은 문제없어! 탄막이 엄청나니까 정면으로는 오지
마!"

그리폰의 등 뒤에서 들린 리온의 목소리에 신은 큰 소리로
대답했다.

날개에서 발사된 얼음 창은 어중간한 무기보다 단단했다.
오랜 세월이 흐르면서 풍화된 걸 감안해도 오리할콘으로 포
장된 도로를 관통할 정도였다.

어쩌면 무스페림으로는 완전히 막아내지 못할 수도 있었
다.

"얼음이 주체라면 이건 어때?"

신은 그리폰의 공격을 피하면서 카드 1장을 꺼내 공중으로
던지며 외쳤다.

"릴리즈! 【플레어·버스트】!"

신이 소리치는 것과 동시에 카드가 찢어지면서 희푸른 구체가 나타났다. 위쪽을 향해 던진 것은 정면으로 정직하게 공격하면 그리폰이 피할 수도 있기 때문이었다.

"KyUAA?!"

구체에 담긴 마력을 느낀 그리폰이 경계하듯 울었다. 얼음창이 구체를 향해 날아갔고 입에서는 브레스를 뿜을 준비를 하고 있었다.

다음 순간 구체에서 열광선이 발사되었다. 그와 동시에 신도 그리폰에게 달려들었다.

본인이 사용한 마법이지만 신이 접근하면 내성 때문에 효과가 줄어들지도 모른다.

그래서 신은 오리할콘으로 만든 투척 나이프를 한 손에 4개씩 실체화해서 손가락에 끼운 상태로 있는 힘껏 던졌다.

위쪽과 정면에서 동시에 공격한다면 피할 가능성도 적었다.

"신?"

신의 움직임을 지켜보던 리온이 의아하다는 듯이 중얼거렸다. 왜냐하면 신이 던진 나이프는 대부분이 크게 빗나갔기 때문이었다.

"KyUIII!!"

조준이 빗나갔다고 생각했으리라. 그리폰도 정면으로 날아오는 2개의 나이프만을 날개로 튕겨내고 상공에서 뻗어오는 열광선을 향해 브레스를 발사했다.

희푸른 열광선과 순백의 브레스가 맞부딪치며 서로를 상쇄했다. 둘의 기세는 거의 호각이었고 어느 한쪽이 일방적으로 밀어붙이지는 못했다.

하지만 그런 상태도 잠시였다. 엉뚱한 방향으로 던진 나이프가 궤도를 바꾸더니 그리폰의 배와 가슴에 날아와 박힌 것이다.

"GyUA!"

그리폰의 비명과 함께 브레스의 위력이 떨어졌다. 그리고 브레스를 밀어낸 열광선이 그리폰에게 명중했다.

"GIIIIIIII?!"

그리폰의 비명이 카르키아의 하늘에 울려 퍼졌다. 재빨리 방패로 삼은 왼쪽 날개가 거의 증발했고 그리폰의 얼굴도 왼쪽 절반이 문드러졌다.

날갯죽지와 화상을 입은 피부에서는 푸른 증기가 피어올랐다.

"방금 그건 대체⋯⋯."

나이프가 거의 직각으로 궤도를 바꾸어 그리폰에게 꽂히는 걸 본 리온이 멍하니 중얼거렸다.

신이 사용한 것은 투척술/풍술 복합 스킬인 【트릭·스로우】로, 투척한 무기의 궤도를 목표물 쪽으로 바꾸는 기술이었다.

현존하는 스킬이 많지 않은 이쪽 세계에서는 매우 신기하게 보일 수밖에 없었다.

"그런 타이밍에 못 맞힐 리가 없잖아!"

신은 기회라는 듯이, 대미지를 입고 자세가 무너진 그리폰을 향해 돌격했다.

한쪽 날개로는 날릴 수 있는 얼음 창도 절반밖에 되지 않았다. 얼굴에 화상을 입어서 브레스도 사용할 수 없다면 접근하기에는 절호의 상황이라 할 수 있었다.

"이번에는 아까처럼 안 될걸!"

그리폰이 오른쪽 앞발을 휘두르자 신도 카쿠라로 맞받아쳤다.

쾅음과 함께 그리폰의 발을 덮은 얼음이 흩어졌다. 이번에도 파편이 얼음 창으로 변해 날아들었지만 이미 알고 있는 이상 대처하기는 쉬웠다.

앞발이 튕겨나가면서 자세가 무너진 그리폰의 오른쪽으로 파고들자 얼음 창은 효과를 발휘할 수 없었던 것이다.

신은 카쿠라를 높이 치켜들었다.

"인챈트·파이어."

신의 중얼거림과 함께 불꽃이 카쿠라를 뒤덮었다. 카쿠라는 공중에 붉은 궤적을 남기며 그리폰의 몸통을 정통으로 때렸다.

엄청난 쾅음이 울려 퍼지며 그리폰이 옆으로 5메르 정도 밀려났다. 그리폰의 발톱이 오리할콘 도로에 긴 자국을 남겼다.

신의 공격으로 간단히 부서진 것 같았지만 얼음 발톱의 강도는 얇은 오리할콘보다도 높았다.

신이 공격한 몸통 쪽에는 불에 탄 듯한 흔적이 남아 있었다. 상처가 완전히 타버리지는 않았는지 이쪽에서도 푸른 증기가 요란하게 피어올랐다.

"HP는 별로 안 줄어들었군. 저 증기는 출혈이나 마력 누출하고는 다른 건가?"

신은 그리폰의 HP 게이지를 보며 생각했다.

출혈 상태일 경우는 독과 마찬가지로 HP가 계속해서 줄어들게 된다. 하지만 그리폰은 신이 준 것 이상의 대미지는 입지 않았다.

"상태 이상은 아닌 건가?"

보스 클래스의 몬스터 중에는 특수한 공격 방법을 가진 경우도 많았다.

골렘 계열이면 주먹을 발사하기도 하고 사령 계열이면 부하들을 소환하는 등, 각자의 특성이 반영된 능력이 대표적이었다.

하지만 물론 그중에는 예외도 있었다.

상처에서 분출되는 증기를 보고 신이 떠올린 건, 주위를 보스가 싸우기 편한 환경으로 조금씩 바꾸어가는 능력이었다. 이런 능력은 폭주 정령처럼 마법 공격을 주로 하는 몬스터들이 갖고 있었다.

"흡!"

신과 그리폰이 서로 노려보는 상태를 기회라고 판단한 것이리라. 그리폰의 사각에서 리온이 무스페림을 들고 뛰쳐나왔다.

"KyUI?"

그리폰의 의식은 신에게 집중되었기에 그녀의 기습에는 반응하지 못했다.

리온은 다시 그리폰의 등에 올라타서 【타일런트·비트】를 발동했다. 무스페림이 오렌지색 궤적을 남기며 그리폰을 난도질했다.

"GyII!"

리온이 불에 탄 왼쪽 몸을 중심으로 공격하자 그리폰은 견디지 못하고 비명을 질렀다.

신은 리온의 방해가 되지 않도록 정면에서 그리폰의 주의를 끌었다.

"리온! 그 상처에서 나오는 증기에 어떤 효과가 있는지 몰라! 닿지 않도록 해!"

"알았다!"

리온은 무스페림의 긴 검신을 이용해 증기에 몸이 닿지 않도록 검을 휘둘렀다.

하지만 시간이 지날수록 리온의 움직임이 둔해지는 걸 알 수 있었다. 자세히 보니 푸른 증기가 어느새 리온의 몸에 들러붙고 있었다.

신이 리온의 상태를 확인하자 속력 저하 표시를 볼 수 있었다.

"디버프인가!"

위험하다고 직감한 신은 즉시 디버프 해제 마법을 사용했다.

"【큐어·올】!"

단일 상태 이상이라면 【큐어】로도 충분하지만 신은 만약을 위해 가장 효과가 높은 스킬을 골랐다.

어떤 효과인지 정확히 파악할 수 없는 적의 능력은 최대한 경계하는 게 좋다는 걸 경험상 알고 있었기 때문이다.

움직임이 돌아온 리온이 그리폰의 등에서 뛰어내린 순간, 공중에 있는 리온을 향해 그리폰이 날개를 휘둘렀다.

리온은 즉시 무스페림으로 막아냈다. 하지만 공중에서는 공격의 위력을 완전히 죽일 수 없었고 그녀의 몸은 튕겨나가고 말았다.

리온은 공중에서 억지로 자세를 바꾸어 땅에 칼을 꽂으며 착지했다. 포장된 도로와 무스페림이 마찰되며 불꽃이 튀었다.

"날개에 맞은 것만으로 이 정도 위력이라니……."

리온의 입에서 힘겨운 목소리가 흘러나왔다.

무스페럼이 방패가 되었다지만 그리폰에게서 10메르 가까이 튕겨져 나간 것이다. 대미지는 거의 없더라도 몸의 부담은 엄청났다.

"내가 주의를 끌게! 일단 건물 안으로!"

신은 소리를 지르며 화염계 마법 스킬【스모크·봄】을 사용했다.

공중에 나타난 검은 구체가 그리폰을 향해 쇄도해 들어갔다.

"KyUA!"

그리폰은 한쪽 날개만 남은 상태로 검은 구체를 요격했다.

광범위하게 흩뿌려진 얼음 창이 구체와 접촉하자 펑 하는 소리와 함께 검은 연기가 자욱하게 피어올랐다.

"GRURURU……."

그리폰은 주위를 뒤덮은 검은 연기를 경계하며 울었다. 잠시 뒤 바람을 가르는 소리와 함께 강풍이 불어닥쳤다.

신의 눈에는 그리폰이 한쪽 날개를 펼치며 바람을 일으키는 모습이 보였다.

하지만 스모크·봄으로 발생한 검은 연기는 바람의 영향을 받지 않는다. 그리폰이 아무리 날갯짓을 해도 검은 연기가 걷힐 리는 없었다.

"KyUIIII!"

그리폰은 초조하게 울었다.

스모크 · 봄의 검은 연기로 방해할 수 있는 건 시각과 후각이었다. 양쪽 모두 그리폰에게 효과적으로 작용했다.

엉뚱한 방향으로 얼음 창을 날리는 걸 보면 신과 리온을 놓친 것이 분명했다.

두 사람은 이따금씩 날아오는 얼음 창을 피하며 건물 뒤에서 합류했다.

벽이 간단히 무너지지 않을 만큼 두껍다는 걸 확인한 뒤, 신은 리온의 상태를 살폈다.

"괜찮아?"

"그래, 손이 조금 저리지만 괜찮다. 하지만 미안하군. 내 공격으로는 녀석에게 제대로 된 대미지를 주지 못하는 것 같다."

리온의 2번에 걸친 공격은 그리폰에게 큰 대미지를 입히지 못했다.

스킬로 위력을 올렸는데도 이 정도라면, 그리폰은 리온의 STR과 무스페림의 공격력을 합한 것 이상의 방어력을 갖고 있는 셈이었다.

"여기까지 와서 방해만 되다니……."

칼자루를 쥔 리온의 손에 힘이 들어가면서 땅에 닿은 무스페림이 부들부들 떨렸다.

신은 분하게 얼굴을 찡그리는 리온에게 한 가지 방법을 제안했다.

"신체 능력을 올리는 마법 부여를 쓸 수 있는데, 어떻게 할래?"

"……부탁한다. 녀석의 표적이 되었을 때 적어도 신을 방해하고 싶지는 않군."

리온은 잠시 망설이다가 어깨 힘을 풀며 고개를 숙였다.

"근력(STR)과 맷집(VIT)을 올려둘게. 근력의 경우는 몸의 감각이 상당히 달라지니까 조심해. 간다. 【인챈트·더블 부스트(이중 강화)】!"

신은 리온에게 능력 상승에 대한 주의점을 알려주며 마법 부여를 사용했다.

리온의 머리 위에서 은색 빛이 쏟아지더니 몸을 뒤덮듯이 반짝이고는 사라졌다. 이것은 2개 이상의 능력이 상승했을 때의 시각 효과였다.

"……가볍군."

리온은 마법 부여가 걸린 상태로 무스페림을 들어 올리며 그렇게 말했다.

거대한 금속 덩어리인 무스페림이 나뭇가지처럼 느껴진 것이다.

"실감이 날 테지만 강화된 상태일 때는 평소처럼 무기를 쓸수 없어. 휘두르는 속도가 너무 빨라서 자신이 예상한 움직임과 차이가 나거든. 그래서 적의 원거리 공격을 쳐내려다가 헛스윙을 하는 경우도 많아."

마법 부여는 전투에서 매우 유용하지만 무기가 아니라 플레이어 본인에게 스킬을 사용할 때는 그런 부작용이 있었다.

게임 시절에 특히 많았던 사고는 두 가지였다.

첫 번째는 신이 말한 대로 타이밍이 어긋난 탓에 공격도 방어도 제대로 할 수 없게 되는 경우다. 두 번째는 AGI를 올린 상태로 달려가다 생각한 대로 멈춰 서지 못해 몬스터에 부딪치는 경우다.

게임 시절에도 몸에 익지 않은 마법 부여는 사용 않느니만 못하다는 말이 있었다.

카르키아에 온 직후에 신이 이 방법을 제안하지 않았던 것도 그런 위험성을 고려했기 때문이었다.

능력치 상승률은 시전자의 INT에 따라 달라지지만 리온에게 마법 부여를 걸어준 사람은 다름 아닌 신이었다.

그리고 신은 아직 마법 부여의 상승률을 조절하는 능력이 없었다. 물론 카르키아 내에서 숙련도를 올릴 시간도 없었다.

"얼음 창은 되도록 피하거나 무스페림으로 막는 게 나을 거야. 섣불리 쳐내려고 하지 마."

그래서 신은 리온에게 몇 번이고 다짐을 받았다. 방어에만 중점을 둔다면 쓸데없는 실수도 줄어들 테니까 말이다.

"확실히 이건 굉장하군. 무스페림이 목검처럼 느껴진다. 무슨 일이든 할 수 있을 것만 같은데."

리온은 무스페림을 위아래로 휘두르면서 진지한 표정으로

말했다. 신이 미리 말해주지 않았다면 무모한 돌격을 했을 거라는 걸 스스로도 잘 알고 있는 것 같았다.

"KyUAAAAAA!"

리온이 중얼거리는 것과 동시에 그리폰이 울부짖었다.

신이 건물 뒤에서 상황을 살피자 브레스를 사방팔방으로 난사하며 주위를 얼음으로 덮어버리는 모습을 확인할 수 있었다.

"이거야 원. 회복되었다니."

얼음으로 뒤덮여가는 건물보다 신의 시선을 끈 건 그리폰의 왼쪽 몸이었다.

신의 플레어·버스트로 타버린 몸이 이미 상당히 회복되어 있었다.

완전하다고는 할 수 없지만 날개도 7할 정도 복구되어 있었다.

"아무리 자동 회복이라도 너무 빠르잖아."

신이 깎아낸 HP도 큰 폭으로 회복된 상태였다. 현재 그리폰의 HP는 90% 정도였다.

"회복이라기보다 재생에 가깝군. 녹아내렸던 날개가 푸른 증기를 빨아들여서 원래대로 돌아가고 있다."

리온의 말을 들은 신은 그리폰의 날개를 주시했다.

그리폰의 상처에서 흘러나와 흩어지지 않고 뭉쳐 있던 증기가 아직 재생되지 못한 날개 끝부분에 집중되고 있었다.

증기를 통해 재생되고 있는지, 아니면 재생 속도를 높여줄 뿐인지는 알 수 없지만, 시간이 지나면 완전히 부활할 것이 분명했다.

"살펴보니까 소량의 증기는 금방 사라지는 것 같아. 큰 기술로 한 번에 큰 대미지를 주는 것보다 조금씩 피해를 주는 게 낫겠는데."

확실한 증거는 없지만 신이 보기에 날개의 재생에 사용되는 건 큰 상처에서 대량으로 뿜어져 나와 흩어지지 않은 증기였다.

다만 이미 다리와 몸통의 상처는 회복되었기에 그곳이 어떻게 재생되었는지는 판단할 수 없었다.

"내가 정면으로 갈게. 리온은 그리폰의 상태를 관찰하다가 변화가 있으면 알려줘. 뭔가 숨겨진 무기 같은 게 있을지도 모르니까 계속 조심하고."

"그래, 방금 전의 상태 이상 같은 공격이 또 있을지도 모르니까 말이지. 하지만 신 혼자서 괜찮겠나?"

"맡겨둬. 저런 녀석과 싸우는 게 처음은 아니니까."

행동 방침을 확인한 뒤 신이 먼저 건물에서 뛰쳐나갔다. 아직 검은 연기의 효과가 남아 있었는지 그리폰은 신 쪽을 돌아보지 않았다.

"접근하는 건 위험할 것 같으니까 원거리에서 공격해볼까."

신은 대미지가 완전히 회복되지 않은 오른쪽으로 파고들어 풍술계 마법 스킬 【에어 · 커터】를 사용했다.

검은 연기를 가르며 날아간 바람 칼날이 그리폰의 몸에 박혔다.

깊은 상처는 아니었다. 일부러 위력을 떨어뜨려 몸 표면에 대량의 생채기를 내는 것이 목적이었기 때문이다.

상처의 크기는 커봐야 20세메르 정도였다. 그곳에서 뿜어져 나오는 증기는 30세메르 정도 피어오르다가 흩어졌다.

신이 전투 초반에 본 것과 다르지 않은 모습이었다.

"대미지는 적군. 나름대로 증기가 나오고 있지만 HP가 추가로 줄어드는 것 같진 않고. 몸의 움직임이나 공격 변화에 주의해야 하려나."

신은 그리폰의 상태를 관찰하며 대책을 강구했다. 만약의 사태를 대비해서 언제든지 큐어를 사용할 수 있도록 준비해 두는 것도 잊지 않았다.

"다음은 정면으로 가주마!"

그리폰이 날개를 펼치고 얼음 창을 발사했다. 날개가 완전히 회복되지 않았지만 얼음 창의 수는 완전한 상태일 때와 비교해도 손색이 없었다.

신은 광범위하게 흩뿌려진 얼음 창 중에서 자신에게 오는 것들만 정확하게 쳐내며 앞으로 나아갔다.

"KyUAAAAA!"

이어지는 공격은 얼음 브레스였다. 하지만 얼음 창보다 속도가 느리고 범위도 좁은 브레스로는 신의 속도를 쫓아갈 수 없었다.

게다가 브레스와는 다른 방향으로 발사된 얼음 창은 본래의 탄막 역할을 수행하지 못했다.

그리고 허술한 얼음 탄막을 돌파하는 건 신에게는 별로 어려운 일이 아니었다.

"여어, 몸은 괜찮아?"

브레스가 효과 없다고 판단한 그리폰은 신의 말에 대답하듯 얼음 발톱을 휘둘렀다.

자세히 보면 그리폰의 앞발에서 뻗은 얼음 발톱은 전보다도 한층 크고 날카로워져 있었다.

"재생할 때마다 강화되는 건가?"

카쿠라와 격돌한 얼음 발톱은 아까처럼 산산조각 났다.

다만 신이 느끼기에는 부서진 얼음 조각의 크기가 더욱 커진 것 같았다.

어쩌면 강도가 올라간 건지도 모른다. 당연한 말이지만 부서진 파편이 변화한 얼음 창도 그만큼 거대해져 있었다.

신은 얼음 창이 날아오기 전에 반대편으로 파고 들어가서 그리폰의 거대한 몸을 방패로 삼았다.

"Kyiiiiiii!!"

하지만 그리폰도 뒷발로 땅을 차고 날아오르면서 얼음 창의 사선(射線)을 확보하려 했다.

"악수를 뒀군."

거대한 몸에 어울리지 않는 민첩성이었지만 얼음 창을 명중시키는 것보다는 그리폰이 직접 때리는 편이 대미지가 컸다.

게다가 공중에 날아오른다는 건 체격 차이를 생각했을 때 그리폰이 신에게 배를 보이게 되는 셈이었다.

보통 생물처럼 배가 부드러울 거란 보장은 없지만 한 방 먹일 절호의 기회라고 할 수 있었다.

"오오—."

짧은 빈틈을 놓치지 않고 그리폰에게 접근한 신은 가차 없이 카쿠라를 휘둘렀다. 공기를 가르는 카쿠라에서는 보라색 불꽃이 피어올랐다.

"—이야아아앗!"

옆구리에 내리친 카쿠라가 그리폰의 깃털을 흩날리며 그 안쪽에 있는 가죽과 살을 파고들었다.

신은 그대로 그리폰의 배를 짓누르며 지면에 패대기쳤다.

"GIE?!"

5메르가 넘는 거대한 몸이 지면에 곤두박질치면서 대지가 크게 흔들렸다.

붕괴 직전이던 건물이 무너지는 소리가 그리폰의 비명에 섞여 들려왔다.

"방금 공격으로 대충 10%인가."

신은 착지하면서 그리폰의 남은 HP를 확인했다.

능력치를 억제했고 무기도 고대급이 아니었지만 신의 일격을 정통으로 맞았음에도 대미지는 전체 HP의 10% 정도였다. 이 세계에서 만난 다른 몬스터들과 비교하면 파격적인 방어력이었다.

그리폰은 계속 무방비하게 땅에 드러누워 있지는 않았다. 바로 지면을 박차며 몸을 일으키더니 경계하는 눈빛으로 신을 바라보았다.

하지만 그 눈에는 힘이 없었다. 왜냐하면 신의 일격을 맞은 부분에 보라색 불꽃이 계속 타오르고 있었기 때문이다.

그리폰의 HP 게이지는 조금씩이지만 계속해서 줄어들고 있었다.

신이 사용한 추술/화염 복합 스킬 【사염추(邪炎鎚)】는 공격이 명중하면 그곳에 일정 시간 동안 추가 대미지를 입히는 불꽃을 만들어냈다.

얼음을 두르고 있는 만큼 화염에 약한 건지 그리폰은 고통스럽게 울었다.

불이 붙은 상처 자국을 어떻게든 얼리려고 했지만 거센 불길은 그리폰의 몸을 계속해서 태우고 있었다.

"타격이 더 잘 통하는 건가?"

내부 대미지까지는 회복할 수 없는 건지, 뿜어져 나온 증기가 복부에 흡수되는 것 같지는 않았다. 화염으로 인해 감소하는 HP가 회복되지도 않았다.

타격으로 대미지를 주는 편이 좋겠다고 판단한 신은 또다시 정면으로 돌격했다.

그리폰도 바로 반격했지만 옆구리를 태우는 화염 때문인지 공격의 정확도가 형편없었다.

어설프게 발사된 얼음 창들 사이를 빠져나오고 발톱을 막아낸 신은 그리폰의 몸통과 목처럼 얼음에 덮이지 않은 부위를 카쿠라로 내리쳤다.

HP의 감소와 함께 그리폰의 움직임이 둔해졌다. 바로 그때였다.

축적된 대미지가 다리에 나타난 것이리라. 신을 향해 얼음 발톱을 겨냥하던 그리폰의 뒷다리가 갑자기 힘을 잃었다.

앞발을 들어 올리고 있던 그리폰에게는 무너진 자세를 바로잡을 방법이 없었다. 그리고 신은 그 치명적인 빈틈을 놓치지 않았다.

"미안하지만 여기서 당할 수는 없어서 말이지."

먼저 공격해온 건 그리폰이었다. 사냥하려던 자가 오히려 사냥당하는 것 역시 흔히 있는 일이었다.

땅을 박차며 뛰어오른 신의 오른 손바닥 위에 희푸른 구체가 나타났다.

그것은 그리폰의 몸을 태웠던 화염계 마법 스킬 【플레어 ·

버스트]의 열광선 방출 구체였다.

신은 쓰러진 그리폰의 머리에 구체를 갖다 댔다.

"밀착 상태에서 견뎌낼 수 있으려나?"

신의 말이 끝나자마자 구체에서 열광선이 방출되었다. 밀착된 상태로 터져 나온 엄청난 열량 앞에서 그리폰은 저항조차 할 수 없었다.

앞쪽으로 뻗어나간 열광선은 그리폰의 머리를 녹이고 사선(射線) 상에 있던 몸통을 관통하며 땅까지 융해시켰다.

머리가 날아간 그리폰의 몸은 힘없이 땅에 쓰러졌다. 표시된 HP는 틀림없이 0이었다.

머리가 있던 곳과 열선이 관통한 몸통에서는 다른 상처들과 마찬가지로 파란색과 녹색이 뒤섞인 액체가 흘러나오고 있었다.

"끝난 건가?"

땅에 내려선 신은 그리폰의 시체 옆에서 주위를 경계했다. 하지만 느껴지는 건 리온의 기척뿐이었다.

"신! 해치운 거냐!"

멀리 떨어져 있던 리온이 신에게 달려오더니 그리폰이 숨을 거둔 것을 확인하며 말했다.

"이제 밖에 나갈 수 있게 되는 거야?"

"출입구를 통해 나가지 못하더라도 성문을 열면 된다."

"괜찮으려나? 다른 몬스터가 들어올 수도 있을 텐데."

"이곳의 출입구에서 문의 개폐 장치가 있는 관리실까지 갈 수 있을 것 같다. 성문을 연다 해도 마차가 간신히 지나다닐 만큼만 살짝 여는 것뿐이고 몇 분 뒤에는 닫히게 된다. 만약 다른 몬스터가 있어도 나와 신이라면 쓰러뜨리거나 도망칠 수 있을 거다."

자세한 조작 방법과 소요 시간 등을 자세히 확인한 뒤에 신도 별문제는 없을 거라 판단했다.

하지만 두 사람이 그곳에서 이동하려고 했을 때 변화가 일어났다.

†

"뭐지?"

먼저 발견한 사람은 신이었다. 신이 돌아보자 그리폰에게서 흘러나온 체액 주위로 파란 증기가 발생하고 있었다.

"몬스터의…… 체액인가?"

"상처에서 뿜어져 나오던 증기와 똑같은 것 같은데……. 불길한 예감이 드는군."

신이 그렇게 말하자마자 증기가 공중에서 뭉치더니 익숙한 실루엣으로 변해갔다.

불과 몇 초 만에 신과 리온 앞에 몇 분 전과 똑같은 그리폰의 모습이 나타났다.

"KyuAAAAAAAAAAAAAAAAAA!"

포효와 함께 얼음 창이 두 사람을 덮쳤다. 신과 리온은 그 것들을 무기로 튕겨내며 일단 건물 뒤로 피했다.

"······이제 어떻게 할 거지? 부활했는데."

"그래. 본체가 따로 있거나, 아니면 마법을 통해 생겨났거 나, 둘 중 하나야."

"음, 그게 어떻게 다른 거지?"

"본체가 따로 있다는 건 저 그리폰은 꼭두각시에 불과하고 그것을 조종하는 다른 몬스터나 시전자가 있다는 뜻이야. 마 법을 통해 생겨났다는 건 무언가에 새겨진 술식(術式)이 자동 적으로 몬스터를 재생시키고 있다는 뜻이지. 본체가 있는 경 우는 그 녀석을 쓰러뜨리면 되고, 마법이라면 술식이 새겨진 마법진이나 촉매를 파괴하면 돼. 처음 구체를 통해 나타났던 과정을 생각해보면 후자일 가능성이 높을 테지만······."

신이 아는 한 몬스터를 불러내는 스킬은 여러 가지가 있었 다.

하지만 이번 경우는 조련사의 파트너 소환이나 소환사의 몬스터 소환과는 달랐다. 음양사의 식신이나 인형사의 인형 소환도 아니었다.

마법으로 생겨난 몬스터—출현 방법으로 보면 그 경우가 가장 가까웠다. 원래는 던전에서 흔히 볼 수 있는 함정 중 하 나였다.

"그러면 이 성지의 어딘가에 열쇠가 되는 술식이 있다는 건가?"

"아마 그렇겠지. 대부분은 출현 몬스터 근처에 있으니까 그렇게 찾기 힘들진 않을 거야. 수상해 보이는 건……. 역시 그곳이겠군."

신은 건물 뒤에서 얼굴만 살짝 내밀며 성벽 쪽을 가리켰다.

"출입구인가. 문을 개폐하는 장치가 있는 곳 옆에 몬스터를 출현시키는 무언가가 있다는 거냐?"

"저 그리폰은 우리를 성지 밖으로 내보내지 않으려고 하는 게 분명해. 출입구에도 접근하지 못하도록 문 앞에 진을 치고 있잖아. 다른 가능성도 있긴 하지만 지금으로서는 저기가 가장 수상해."

그리폰이 장소 구분 없이 공격하던 것을 생각하면 오폭 가능성이 있는 근처 건물에 그런 장치가 존재할 리는 없었다.

"내가 한 번 더 미끼가 될게. 리온은 그사이에 출입구로 들어가서 이 아이템으로 조사해줘. 근처에 마법진이 있으면 반응할 거야. 이건 위험할 때를 대비한 방어용 아이템이야."

신은 그렇게 말하며 리온에게 품속에서 실체화한 아이템 2개를 건넸다. 양쪽 모두 목걸이형 아이템이었기에 행동에 방해가 될 리는 없었다.

"또 엄청난 아이템인 것 같지만…… 지금은 물어보지 않겠다. 신이라면 괜찮을 테지만 너무 무리는 하지 말도록 해."

신은 리온의 말에 고개를 끄덕여 보이며 그리폰의 눈앞으로 뛰쳐나갔다.

"이쪽이야!"

신은 일부러 큰 소리를 내며 자신의 존재를 알렸다. 바로 얼음 창이 날아왔지만 카쿠라로 쳐내고 그리폰에게 돌진했다.

그리폰의 의식이 신에게 집중된 것을 확인한 뒤, 리온도 달리기 시작했다.

"리미트 · Ⅱ의 일격을 견뎌냈었지. 그렇다면 그 이상의 힘이 아니면 쓰러뜨리기 힘들겠군."

리온이 출입구로 들어가는 것을 확인한 신은 리미트를 해제했다.

최대 공격력이 담긴 공격은 주위에 어떤 영향을 끼칠지 예측할 수 없었다. 하지만 눈앞에 있는 그리폰은 적어도 지금까지의 능력치로는 즉사시킬 수 없었다.

그렇다면 이참에 그리폰을 실험체로 이용하는 것도 나쁘지 않았다.

"쉿!"

신은 땅을 박차며 그리폰과의 거리를 좁혔다. 지금까지와는 비교도 되지 않는 속도로 달려가자 그리폰은 반응하지 못했다.

얼음 창을 다시 발사하기도 전에, 신이 휘두른 카쿠라가 그리폰의 목에 닿았다.

아까 싸울 때는 그리폰의 깃털과 가죽에 가로막혀 타격에 의한 대미지밖에 주지 못했지만, 이번에는 달랐다.

신의 엄청난 힘이 담긴 카쿠라의 검신은 그리폰의 방어력을 뚫어내고 그 살을 파고들었다.

신이 그리폰의 옆으로 스쳐 지나가고 몇 초 뒤, 그리폰의 머리가 땅을 굴렀다.

간격을 좁히고 나서 카쿠라를 휘둘러 그리폰의 목을 베기까지 불과 1초도 걸리지 않았다.

그리폰에게 표정이 있었다면 무슨 일이 일어났는지 몰라 당황하는 얼굴을 하고 있었으리라.

하지만 땅에 쓰러진 몸과 떨어진 목이 이윽고 파란색과 녹색 증기로 바뀌더니 몇 초 뒤에 완전한 상태로 부활했다.

"리온이 무언가를 찾아낼 때까지, 누가 더 오래 버티나 해 보자고."

그렇게 말한 신과 그리폰 사이의 거리는 거의 0이었다.

부활할 거라는 건 이미 예상하고 있었기에 당연히 미리 움직인 것이다.

신은 부활한 그리폰을 향해 가차 없이 카쿠라를 내리쳤다.

다시 한 번 목을 날리고 몸을 양단한 뒤 마법으로 불태웠다.

지금의 신에게 그리폰은 움직이는 과녁일 뿐이었다. 신은 도마 위에 놓인 생선을 다루듯 담담하게 요리해나갔다.

"GhuI!"

"미안."

신은 그리폰이 최후의 발악을 하듯 날린 얼음 창을 부수거나 피하면서 카쿠라를 내리쳤다.

쓰러뜨린 것이 10번이 넘었고, 20번, 30번까지 이르렀지만 그리폰은 조금도 약해지지 않았다.

"어떻게 해야 하려나……."

물리 공격이든 마법 공격이든 결과는 마찬가지였다. 이제 남은 방법은 그리폰의 움직임을 아예 봉쇄하는 것 정도였다.

"KYUAAAAAAAAAAAAAA!!"

그리폰이 한층 크게 울부짖었다.

다음 순간, 성지의 중앙부에서 체험한 것처럼 빨려 들어가는 감각이 신의 온몸을 감쌌다.

"대체 뭐냐고!"

중심부의 안개와 이 그리폰이 서로 관련되어 있는 것일까. 역시 아까 느꼈던 감각은 기분 탓이 아니었던 모양이다.

신은 흡인력에 저항하면서 마법 스킬을 사용했지만 어느새 그리폰의 목덜미에 출현한 하얀 구체에 빨려 들어가고 말았다. 카쿠라로 공격하면 부술 수 있을지도 모르지만, 접근했다가 자신 역시 마법처럼 사라져버릴 수도 있었다.

흡인력이 점점 강해지면서 신의 신발이 땅을 긁기 시작했다.

결과가 어떻게 되든 구체를 공격할 수밖에 없겠다고 생각한 신이 각오를 굳혔을 때, 그 일이 일어났다.

"뭐야, 이게……."

신의 몸에서 황금색 빛이 새어 나오기 시작한 것이다.

그 빛은 데스 게임의 최종 보스 【오리진】의 【황금의 파동】을 연상시켰다.

"KYUUUII!"

황금빛을 본 그리폰이 으르렁거리듯 울었다. 어쩌면 그 빛을 경계하고 있는지도 모른다.

"빨려 들어가는 느낌이 사라졌네?"

어느새 중심부 쪽으로 잡아당겨지는 감각은 사라진 뒤였다.

신은 그리폰을 주시하면서도 자신의 몸에서 새어 나오는 빛에 주의를 기울였다. 마력을 조종하는 느낌으로 움직여보자 빛은 놀랄 만큼 매끄럽게 신의 마음대로 움직였다.

카쿠라에 금색 빛이 집중되며 황금의 칼날이 만들어졌다.

"……한번 해볼까."

신은 중얼거리는 것과 동시에 달려나갔다.

애초에 많이 떨어져 있지 않았기에 그리폰과의 거리는 순식간에 좁혀졌고, 신이 휘두른 카쿠라가 금색 궤적을 남겼다.

"KyuA?!"

그리폰도 전력을 다해 도망치려 했지만 미처 피하지 못하면서 왼쪽 앞발이 날아갔다.

"KYIIIIIII?!"

"이거 잘하면 되겠는데?"

다리가 잘려나간 부위에서는 파란색 증기가 새어 나오지 않았다. 날아가 버린 왼쪽 앞발도 공기에 녹아들듯 사라져버린 뒤였다.

그리폰은 신을 향해 얼음 창을 날리며 거리를 벌리려 했다. 표정은 읽을 수 없지만 그리폰이 초조해하고 있다는 명백한 증거였다.

압도적인 재생력이라는 이점이 사라지면 신과의 전투력 차이가 현저해지기 때문에 당연한 반응이라고 할 수 있었다.

"잘은 모르겠지만 어쨌든 잘됐네!"

신은 카쿠라를 고쳐 들며 그리폰을 겨냥했다.

"KYUU…… KYUA!"

신이 빛나는 카쿠라를 신경 쓰고 있을 때, 그리폰은 온몸에 얼음 갑옷을 둘렀다.

잃어버린 왼쪽 앞발도 얼음 의족이 대신하고 있었다. 발톱은 보다 거대해져서 하나하나가 긴 칼날처럼 보였다.

온몸에 얼음을 두르면서 몸집도 한층 커졌고 더욱 위압적으로 보였다. 얼음 갑옷에서는 엷은 파란색 아우라까지 발산

되고 있었다.

"KYUAAAAAAAAAA!!"

"전력을 다했나 보군. 바라던 바다!!"

살기가 담긴 그리폰의 포효에 신도 크게 외치며 대답했다.

선수를 친 건 그리폰이었다. 날개에서 발사된 얼음 창은 생성 속도와 발사 속도 모두 방금 전과는 비교도 안 될 만큼 빨라져 있었다.

주위를 가득 채울 기세로 발사된 얼음 탄막 앞에서 신은 카쿠라를 휘둘렀다.

강화된 동체 시력 덕분에 신은 자신을 향해 날아오는 얼음 창을 완벽하게 인식할 수 있었다. 카쿠라를 휘두르는 팔은 조금도 막히지 않고 신의 의지에 따라 움직였다.

금색 궤적이 파란색과 녹색 탄막을 요격했다. 카쿠라를 한 번 휘두를 때마다 10개가 넘는 얼음 창이 산산조각 났다.

엄청나게 쏟아지는 얼음 창도 금색 궤적으로 형성된 철벽 앞에서는 더 이상 나아가지 못했다.

"KYUA!"

하지만 얼음 창은 시간을 끌기 위한 것에 지나지 않았다. 적의 진짜 노림수는 그 뒤에 나올 브레스였다.

그리폰의 입에서 뿜어져 나온 브레스가 신을 향해 일직선으로 뻗어왔다. 굵기는 전의 2배인 80세메르 정도였다.

푸른 레이저처럼 공중을 질주해오는 브레스를 신은 정면으로 받아냈다. 상단에서 힘껏 내리친 카쿠라가 브레스 중앙에 내리꽂힌 것이다.

브레스는 카쿠라에 닿은 부분부터 둘로 나뉘었다. 신의 좌우로 흘러가는 브레스가 얼음 창을 휩쓸며 주위를 얼렸다.

신이 서 있던 곳과 그 뒤를 제외하면 전부 순식간에 얼음으로 뒤덮이고 말았다.

"정면에 너무 정신이 팔리면 다른 곳이 허술해지지."

"GHUA?!"

신이 중얼거리는 것과 거의 동시에 그리폰이 비명을 질렀다.

몇 번의 폭발음이 들린 뒤, 브레스의 기세가 약해지고 얼음 창의 개수도 줄어들었다.

카쿠라로 흩어진 브레스 틈새를 통해 얼음 갑옷의 등 부분이 박살 난 그리폰의 모습이 보였다. 신은 브레스를 막아내면서 마법 스킬을 발동해 그리폰을 공격했던 것이다.

폭발음은 화염계 스킬을 사용한 결과였다. 갑옷뿐만 아니라 내부에도 대미지가 들어갔는지 몇 초 뒤에는 브레스마저 멈추었다.

숫자가 줄어든 얼음 창만으로는 더 이상 신을 견제할 수 없었다.

신이 순간적으로 간격을 좁히자 그리폰은 앞발을 들어 발톱으로 공격했다. 방금 전에는 반응조차 못 했던 것에 비해

지금 그리폰의 눈은 신을 똑바로 포착해내고 있었다.

처음에는 오른쪽, 그리고 한 박자 늦게 왼쪽 발톱이 뻗어왔다. 햇빛을 받아 반짝이는 발톱은 그 날카로움을 과시하고 있는 것 같았다.

"쉿!"

신도 오른쪽 발톱을 향해 카쿠라를 올려쳤다. 서로 부딪친 순간, 마치 튕겨나가듯이 그리폰의 오른쪽 앞발이 허공을 날았다.

신은 카쿠라를 올려친 자세 그대로 몸을 옆으로 회전시켰다. 그리고 뒤늦게 뻗어온 그리폰의 왼쪽 앞발을 카쿠라로 받아쳤다.

그리폰 앞에서 카쿠라가 금색으로 호를 그렸다.

얼음 의족은 카쿠라의 위력에 버티지 못하고 오른쪽 다리처럼 허공을 향해 날아갔다.

"끝이—아앗?!"

그대로 목을 내리치려던 신에게 왼쪽 상공에서 공격이 들어왔다. 신은 바로 카쿠라로 튕겨내면서 공격이 온 방향을 돌아보았다.

"그리폰의 꼬리는 원래 얌전했던 것 같은데……."

지금까지 전혀 존재감이 없던 그리폰의 꼬리가 공중에서 흔들리고 있었다. 얼음으로 뒤덮이면서 길이가 늘어난 꼬리는 채찍처럼 유연했다.

온몸에 갑옷을 두르면서 그리폰의 공격 수단이 늘어난 것
같았다.

"하지만 소용없어."

상대의 능력만 알고 있으면 얼마든지 대처할 수 있었다.

평범한 채찍을 휘두를 때도 음속이 넘는다고 하지만, 그리
폰의 꼬리는 그것보다도 빨랐다. 하지만 신이 반응하지 못할
속도는 아니었다.

예상하지 못한 방향에서 공격을 받았기에 놀란 것뿐이었
다.

신은 그리폰의 거대한 몸 뒤쪽에서 날아오는 꼬리의 궤적
을 【심안】을 통해 파악했다.

신은 얼음 꼬리가 날아오는 타이밍에 맞춰서 카쿠라를 휘
둘렀다. 꼬리가 그렇게 단단하진 않았기에 쉽게 베어낼 수 있
었다.

"……회복도 빠른 건가."

신은 실망하며 중얼거렸다. 신이 보는 앞에서 꼬리가 빠르
게 재생되었기 때문이다. 사실 꼬리 본체가 아니라 얼음으로
길어진 부분을 잘라낸 것에 지나지 않았다.

그리고 두 앞다리도 얼음으로 재구성되었다.

"역시 머리를 날려버릴 수밖에 없겠군."

신은 그렇게 중얼거리자마자 마법 스킬을 발동했다. 카쿠
라를 뒤덮고 있던 황금색 빛에 진홍색 빛이 뒤섞였다.

그와 동시에 신의 머리 위에서 그리폰의 배후를 노리기 위해 화염계 마법 스킬【레드·토마호크】가 발사되었다.

공중에서 호를 그리며 그리폰을 향해 떨어지는 화염탄에 맞추어서 신도 공격해 들어갔다.

그리폰은 꼬리로 반격하면서 거대한 몸에 어울리지 않는 민첩함으로 뒤쪽을 향해 몸을 날렸다. 그리고 날개를 펼쳐 얼음 창을 공중에 발사하면서 브레스를 뿜었다.

"재주도 좋군!"

신은 공중과 지상에서의 동시 공격을 막아낸 그리폰을 칭찬했다.

물론 그것은 강자만이 가질 수 있는 여유였다. 그리고 그리폰은 아직 공격을 완전히 막아낸 것이 아니었다.

화염탄이 얼음 창의 탄막을 부수며 나아가고 있었다. 몇 발은 중간에 폭발했지만 나머지는 그대로 그리폰을 향해 쏟아져 내렸다.

"GHUII?!"

그리폰의 입에서 비명이 새어 나왔다. 물리적인 충격과 대미지로 인해 꼬리 공격과 브레스가 멈추었다.

"이번에는 안 놓친다!!"

신은 땅을 박차며 그리폰에게 달려들었다.

높이 쳐든 카쿠라가 한층 눈부시게 빛났다.

추술/화염 복합 스킬【염라충(炎羅衝)】.

카쿠라가 그리폰의 목덜미를 내리쳤다.

얼음 갑옷은 카쿠라에 닿기도 전에 증발해버렸고 그 궤적을 따라 그리폰의 몸이 불타올랐다.

카쿠라가 베어 들어간 흔적을 따라 그리폰의 몸에 붉은 선이 새겨졌다.

"잘 가라."

신은 작별의 말을 남기며 바로 거리를 벌렸다.

다음 순간, 그리폰에게 새겨진 붉은 선이 강렬하게 빛나며 폭발했다.

【염라충】은 원래 망치 같은 둔기로 상대를 찌그러뜨린 뒤에 지면과 함께 폭발시키는 스킬이었다.

이번에는 카쿠라가 검과 같은 형태를 띠었기에 선을 따라 폭발한 것이다.

"해치운 건가?"

신은 폭발할 때 금색 빛이 섞여 나오는 것을 확인했다. 그렇다면 스킬 효과에 금색 빛의 힘이 덧씌워졌다고 봐도 될 것이다.

맹렬한 화염이 걷히자 그곳에 그리폰의 모습은 없었다. 조각조각 해체된 그리폰의 잔해가 여기저기 흩어져 있을 뿐이었다.

한동안 지켜보자 잔해는 모래성처럼 무너져 내리더니 사라져버렸다. 그 자리에는 아무것도 남지 않았다.

신의 몸에서 새어 나오던 빛도 그리폰이 폭발한 뒤로는 사라져버렸다.

"대체 뭐였던 거지……."

신이 피곤한 한숨을 쉬자 덜컥 하는 소리가 성문 쪽에서 들렸다. 신이 돌아보자 중후한 성문이 천천히 열리고 있었다.

"신! 괜찮은 거냐?!"

목소리가 들린 쪽을 돌아보자 리온이 출입구 쪽에서 달려오고 있었다. 아무래도 무사히 문을 연 것 같았다.

"괜찮아. 그리폰도 어떻게든 쓰러뜨렸어. 저건 리온이 한 거야?"

"아아, 폭발음이 들리길래 신이 비장의 무기를 사용했다고 생각했거든. 그리폰을 일시적으로 못 움직이게 하든가 해서 이곳을 탈출하려는 건 줄 알았다."

성지의 몬스터는 밖으로 나갈 수 없다. 리온은 그 법칙을 이용하려 한 것 같았다.

그리폰은 미지의 몬스터라서 만에 하나 뒤쫓아올지도 몰랐지만, 두 사람이 힘을 합하면 성지로 쫓아낼 수 있을 거라 판단했다고 한다.

물론 그리폰의 거구로는 살짝 열린 문을 통과할 가능성도 없었다.

"신이라면 쓰러뜨릴 수도 있을 거라 생각했지만……. 그 생각이 적중해버렸군."

"기대에 부응한 것 같아서 다행이네. 자, 문이 닫히기 전에 빨리 가자."

신은 리온을 재촉하며 성문 밖으로 이동했다.

두 사람이 도시 밖으로 나오자 리온의 말처럼 잠시 뒤에 문이 자동으로 닫혔다. 위를 올려다보자 성지를 뒤덮고 있던 결계도 사라진 뒤였다.

신은 결국 무슨 일이 벌어진 건지 알 수 없었다.

그저 이번에 일어난 일을 똑똑히 기억해두자고 마음먹으면서 그는 리온을 돌아보았다. 최대한 상냥한 표정을 지으면서.

심각한 얼굴을 하고 있으면 그녀가 걱정할지도 모르기 때문이었다.

"탈출 성공이군."

"그래. 어쨌든 저 안에 있는 것보다는 훨씬 안전해졌다고 할 수 있겠지."

†

두 사람은 주위를 경계했지만 카르키아 안에 있을 때만큼의 긴장감은 없었다.

"여기서부터는 뛰어가자. 우리 둘 다 상급 선정자니까 마을을 찾아서 말을 구하는 것보다는 직접 달려가는 게 빨리 도착할 거야."

"그렇겠군. 나도 같은 생각이다. 바르멜은 멜트 산맥의 동쪽에 있으니까 산을 보며 달려가면 방향을 잘못 잡을 일은 없을 거다."

바르멜은 카르키아에서 몬스터가 쏟아져 나왔을 때 대처하기 위해 만들어진 요새 도시로 바다와 산에 인접해 있어, 몬스터의 대량 발생만 아니면 살기 좋은 곳이라고 한다.

슈니와의 합류 장소로 정한 곳이기도 했기에 신은 리온의 말대로 바르멜을 향해 가기로 했다.

말 따윈 비교도 되지 않는 속도로 두 사람은 달려나갔다.

이따금씩 보이는 몬스터들도 무시하면서 달린 지 15분. 신의 감지 범위 내에 엄청난 숫자의 몬스터 반응이 나타났다.

"……저기, 리온. 이 앞에 바르멜이 있는 거 맞지?"

"그렇다. 왜 그러지?"

"대량의 몬스터가 이 앞에 있는데 괜찮을지 모르겠네."

신의 이야기를 들은 리온의 표정이 딱딱하게 굳었다.

"설마 『범람』이 발생한 건가?!"

"『범람』?"

"성지 주위에는 성지에서 흘러나온 마소가 쌓이게 된다. 인체에는 영향이 없지만 일정 이상의 마소가 모이면 그게 전부 몬스터로 변해 주위에 풀리게 되지. 그걸 우리는 『범람』이라고 부른다."

신은 전에 베일리히트 도서관에서 우연히 그 현상에 관한 기술을 읽은 적이 있었다.

책에 적힌 내용에 따르면, 저급 몬스터들만 출현한다. 하지만 아무리 약한 몬스터라도 이 정도 숫자가 모이면 물량에 압도당할 수밖에 없었다.

"무리의 후미가 아직 여기에 있다면 선두 쪽도 바르멜에 금방 도착하진 못할 거다. 앞질러가서 바르멜을 도와야 한다."

"알았어. 이런 상황에서 모른 척할 수는 없으니까."

일반인이라면 도망쳐야 할지도 모르지만, 공교롭게도 그들은 일반인과는 거리가 멀었다.

요새 도시로 불리는 만큼 바르멜도 금방 함락되진 않을 테고 충분한 대비도 되어 있을 것이다.

하지만 『범람』의 규모는 일정치가 않았고 무슨 일이 벌어질지 모른다고 책에도 적혀 있었다.

신은 그런 상황을 외면하지 못하는 성격이었다.

"돌아가는 게 늦어지겠군."

몬스터 무리를 우회하며 달리는 리온을 따라서 신도 달리는 속도를 높였다.

한동안 나아가자 엄청난 수의 몬스터 무리를 눈으로 확인할 수 있었다.

『범람』때마다 출현하는 몬스터들은 일정한 경향이 있다고 하는데, 이번에는 고블린과 오크 같은 인간형 몬스터가 많았다.

그 덕분에 신체 능력이 강한 짐승 타입이나 쉬지 않고 움직이는 골렘 타입에 비해 행군 속도는 상당히 느렸다.

그래도 몬스터의 대군은 확실하게 바르멜을 향해 나아가고 있었다.

"응? 저기, 리온. 저쪽에서 연기가 피어오르는데, 뭐 아는 거 없어?"

달려가던 신은 오른쪽 전방에서 연기가 크게 피어오르는 것을 보았다. 귀를 기울이자 폭발음도 들려왔다.

아무래도 멜트 산맥과 평지에 있는 숲의 경계 부근에서 무슨 일이 벌어지고 있는 모양이었다.

"아마 미스트 가루다가 내려온 걸 테지. 멜트 산맥은 미스트 가루다의 영역이거든. 범람으로 생겨난 몬스터들이 산에 진입하려고 하면 미스트 가루다가 불태워버린다고 들었다. 그래서 몬스터들은 바르멜로 올 수밖에 없는 거다."

미스트 가루다에게 그럴 의도는 없을 테지만, 덕분에 몬스터들이 바르멜 쪽으로 유도되고 있는 셈이었다.

게다가 산에 들어서려 하는 몬스터들을 쓰러뜨려주기 때문에 결과적으로 바르멜까지 도착하는 숫자를 줄여주는 것도 사실이었다.

그래서 멜트 산맥에서 미스트 가루다를 사냥하는 행위는 조약을 통해 엄격히 금지되어 있다고 한다.

『범람』의 피해를 줄여주는 만큼 절대 해쳐서는 안 된다는 의미였다.

"저게 미스트 가루다인가."

산을 보며 달려가던 신의 눈에 하늘을 날아가는 커다란 그림자가 보였다. 비행운 같은 흔적을 남기며 유유히 날아가는 것이 바로 미스트 가루다였다.

이름이 나타내는 것처럼 새의 형태를 한 안개였고, 레벨은 700~850으로 높은 편이었다. 특수 공격을 많이 사용하는 매우 강한 몬스터였다.

"오, 저건……."

하늘을 날아가던 미스트 가루다에게서 붉은 안개가 살포되었다. 고블린과 오우거 들은 그 안개에 닿은 순간 몸이 화염에 휩싸이며 바닥을 구르기 시작했다.

미스트 가루다의 특수 공격 중 하나인 『포그·오브·플레어(불타오르는 안개)』였다.

일정 이상의 화염 내성을 갖고 있지 않으면 HP가 1초에 1할씩 줄어드는 상태 이상에 걸리게 된다. 사실상 10초면 사망이었다.

설정이 잘못된 게 아니냐는 말이 나올 정도로 많은 플레이어들을 태워 죽였던 죽음의 안개가 이번에는 몬스터들을 구워내고 있었다.

"그런데 어째서 불에 탈 걸 알면서도 돌진하는 거야?"

신은 스스로 사지로 달려가는 몬스터들을 보며 그런 생각이 들었다.

"『범람』으로 발생한 몬스터는 지능이 현저히 떨어지는 편이지. 그래서 마지막 한 명이 남을 때까지 앞으로 돌격하려 할 거다."

아무래도 『범람』을 통해 생겨난 몬스터는 일반 몬스터들과 다른 모양이었다.

신과 리온은 미스트 가루다가 되도록 많은 몬스터들을 불태워주기를 기원하면서 그곳을 떠나기로 했다.

†

검은 물결이 되어 나아가는 몬스터 무리를 앞지른 신과 리온은 평원을 달리고 있었다.

몬스터 무리를 추월할 때 신의 눈에 보인 미니맵에는 몬스터들이 있는 부분만 빈틈없이 붉게 칠해져 있었다.

너무 밀집되어 있었던 것이리라. 개체에 대한 판별도 거의 불가능했다.

"언제나 이렇게 큰 무리가 나타나는 거야?"

"글쎄.『범람』의 규모도 여러 종류가 있었는데 정확히 기억나진 않는군. 딱 한 번 내가 직접 참전했을 때는 수가 좀 더 적었던 것 같다."

리온은 당시의 광경을 떠올리며 기억을 되짚었다.

잠시 뒤에 그녀는 아무리 쓰러뜨려도 계속 몰려드는 몬스터를 향해 끝도 없이 검을 휘둘렀다는 이야기를 했다.

그리고 이번『범람』은 그때보다도 규모가 크다고 덧붙였다. 강인한 병사들이 도시를 지키고 있다는 걸 알면서도 리온의 발걸음이 자연스레 급해지기 시작했다.

"기분은 알겠지만 너무 서두르지는 마."

숨을 헐떡이기 시작한 리온을 신이 말렸다.

아무리 리온이 상급 선정자라 해도 체력이 무한한 건 아니었다. 바르멜에 도착하기도 전에 힘이 빠져서 제대로 움직일 수 없게 된다면 서두르는 의미가 없었다.

"저 언덕 위에서 일단 쉬자. 이제 몬스터 무리와 제법 거리도 벌어졌어. 잠깐 쉬어."

"하지만! ……아니, 미안하다. 신의 말이 맞겠군."

아직 달릴 수 있다고 말하려던 리온도 자신의 상태를 정확히 파악한 것 같았다. 이대로 간다면 중간에 지쳐버리고 만다는 것을 말이다.

상당한 속도로 계속 달려왔기에 이미 몬스터 집단과는 상당히 멀어져 있었다. 두 사람이 바르멜에 도착해도 며칠 동안은 여유가 있을 것 같았다.

지금은 아직 바르멜까지 거리가 있었기에 페이스 조절을 위해 여기서 휴식을 취해야만 했다.

"요새 도시라고 불릴 정도잖아. 몬스터 군대 정도는 이미 여러 번 격퇴해본 거 아냐?"

신은 쉬는 김에 바르멜에 관해 물어보았다.

『범람』을 위해 세워진 도시라면 그에 걸맞은 장비를 가진 부대가 분명 존재할 것이다.

"그렇긴 하지만 희생자가 항상 적었던 건 아니었다. 게다가 지금은 바르멜을 지키는 상급 선정자 3명 중에 1명이 자리를 비웠지."

"방어의 핵심이 빠지다니, 그래도 괜찮은 거야?"

"교회에서 무슨 일이 있는 것 같더군. 어떤 인물을 호위하러 가야 했다고 한다. 정말이지, 교회는 대체 무슨 생각을 하는 건지."

리온은 이해할 수 없다는 듯이 눈썹을 찌푸렸다.

리온의 말에 따르면 요새 도시는 『범람』의 방파제 역할을 맡는 대신 교회와 주변국에서 상급 선정자를 받는다.

병력 면에서 열세에 놓일 수밖에 없기에 질적인 면에서 보완하려는 작전이었다.

다만 이번에는 교회가 독단적으로 선정자를 동원해 갔기 때문에 각국에서 항의가 쇄도했다고 한다.

'교회라……. 혹시 그 녀석들인가?'

『교회』와 『어떤 인물의 호위』라는 말을 듣자 신의 머릿속에는 파르닛드에 가던 도중 마주친 기사들의 모습이 떠올랐다.

이 세계에서는 레벨과 실제 능력치가 상반되는 경우가 흔했다. 하지만 역시 높은 레벨의 인물은 많지 않았다.

그때의 기사들을 생각해보자. 특히 마차를 파괴하고 간 남자의 레벨은 239였다. 지금의 리온보다도 높은 숫자였다.

사실 여부에 따라서는 그 기사들을 협박하던 신관에게 확실한 제재를 가해야 할 수도 있었다.

"나머지 2명은 어때? 버틸 수 있을 것 같아?"

"조합은 나쁘지 않다. 남은 사람은 나와 똑같은 마검사와 마법사다. 바르멜에 있는 상급 모험가들과 협력한다면 큰 변수가 없는 이상 패배하지는 않을 거다. 문제는 얼마나 많은 희생자가 나오는가겠지."

마법사의 마법 스킬로 얼마나 많은 적을 없애는지가 관건이라고 중얼거리며 리온은 물을 마셨다.

아무리 선정자라 해도 스킬을 연속으로 계속 사용할 수는 없었다. 능력과 기량에 따라 다르긴 하지만, 개인이 맡을 수 있는 범위에는 한계가 있었다.

"바르멜의 전력은 어때? 모험가 길드에도 선정자는 있을 거 아냐."

"분명 파견된 자들 말고도 상급 선정자에 준하는 실력자들이 있지. 하지만 그 대부분이 근접전에 특화되어 있다. 넓은 범위를 공격할 수 있는 자는 많지 않아."

몬스터가 소수라면 몰라도 수백, 수천에 이른다면 몇 명의 실력자만으로는 상대할 수 없었다.

그나마 『범람』으로 출현한 몬스터의 레벨이 낮아서 일반 병사라도 상대할 수 있다는 게 다행이었다.

오는 방향은 다를 테지만, 신은 만약을 위해 슈니에게 연락해두기로 했다.

『여기는 신. 지금 대화할 수 있어?』

『네. 무슨 일이 있었나요?』

신은 지금 이야기할 수 있다는 걸 확인한 뒤 『범람』에 대해 슈니에게 말했다.

『규모를 직접 보지 않는 이상 뭐라고 말하기 힘들겠네요. 일반적인 규모라면 적어도 바르멜이 함락될 걱정은 없겠죠.』

슈니는 신의 이야기를 듣고 냉정하게 판단했다. 하지만 이번에는 불안 요소가 존재했다.

『선정자가 1명 없다는 걸 감안해도 말이야?』

『자리를 비웠다는 선정자의 직업이 마법사가 아니라면 괜찮을 거예요. 몬스터 자체는 바르멜의 병력만으로도 대응할 수 있으니까요.』

'물론 희생자를 감안하지 않았을 때의 이야기지만요'라고 슈니는 덧붙였다.

『알았어. 우리도 서두를 테지만 그쪽도 최대한 빨리 와줘.』

『알겠습니다.』

슈니만 있으면 선정자의 부재 따위는 문제가 되지 않았다. 티에라는 그렇게 빨리 이동할 수 없을 테지만 카게로우가 있다면 괜찮을 것이다.

"……자, 이제 충분히 쉬었다. 슬슬 출발하지."

잠시 쉬면서 회복했는지 리온은 기운차게 몸을 일으켰다.

마침 슈니와의 심화도 끝난 참이었기에 신도 함께 일어났다.

"알았어. 하지만 그건 내가 들게."

신은 그렇게 말하며 땅에 놓인 무스페림을 짊어졌다.

높은 근력 덕분에 신에게는 큰 부담이 되지 않지만, 리온이라면 이걸 들고 오래 달리기 힘들 거라는 판단 때문이었다.

"음, 나도 내 무기 정도는 직접—"

"지금은 그런 고집보다도 빨리 이동하는 게 더 중요하잖아. 중간부터 힘들어하던데."

"윽, 할 말이 없군……."

이곳에서 쉬게 된 것도 그 때문이었기에 리온은 반론할 수 없었다. 지금은 빨리 이동하는 게 먼저라고 생각하며 신에게 무스페림을 맡겼다.

"으으음."

"왜 또 그래?"

"서둘러야만 해, 서둘러야만 하지만…… 크윽, 이 정도로 지치다니 한심하군."

"의외로 지기 싫어하는 성격이구나."

그런 이야기를 나누면서 두 사람은 달리기 시작했다. 리온도 무스페림의 무게가 줄어든 만큼 달리면서 이야기를 나눌 정도로 여유가 있었다.

†

낮 동안 계속해서 달려온 두 사람은 날이 저물기 전에 야영 준비를 마무리했다.

잠도 자지 않고 며칠 동안 달리는 건 아무리 체력이 강해도 힘들었기에, 간이 텐트를 만들고 교대로 망을 보며 휴식을 취하기로 한 것이다.

간단한 식사를 마치고 신이 뒷정리를 끝내자 리온이 말을 걸어왔다. 그녀는 은근슬쩍 신에게 가까이 다가오며 은근한 눈빛을 보냈다.

"정말로 여러 가지 도구가 나오는군. 미리 준비했다 쳐도 이건 너무 용의주도하지 않나?"

"원래부터 여행 준비를 해둔 상태였다고. 그럴 때 성에 불려갔으니까 이 정도로 많은 물건을 갖고 있는 거야. 카드화해 두면 부피도 얼마 되지 않으니까 말이지."

"아이템 카드를 사용할 수 있기 때문인가. 우리나라에도 한 명 있으면 좋겠다는 생각을 했었지."

신이 빌헬름에게 들은 이야기를 떠올려보면 특정한 아이템만 있으면 리온이나 다른 선정자들도 아이템 박스를 사용할 수 있었다.

물론 신은 자세한 방법을 몰랐기에 어차피 지금 할 수 있는 일은 없었다.

"협력할 생각은 없어."

"안 되겠나?"

"안 된다니까."

"절대로 안 되는 건가?"

"절대로 안 돼. 아오, 진짜! 찰싹 달라붙지 말라고!"

신은 몸을 앞으로 숙이며 접근해오는 리온에게서 거리를 벌렸다.

은근슬쩍 가슴을 강조하는 걸 보면 사실 자신이 매력적이라는 걸 알고 있는 것 같다고 신은 생각했다. 공주답지 않다느니 하며 풀이 죽어 있던 건 대체 뭐냐고 묻고 싶었다.

밤의 어둠 속에서 모닥불에 비친 리온은 낮 동안의 쾌활한 모습은 사라지고 묘하게 요염해 보였다.

"이런 상황에서 당황할 만큼은 내게도 매력이 있다는 건가?"

"알면서 그러는 거 아니냐고. 아니, 지금이 그럴 상황이냐?"

"조급하게 굴어봐야 의미가 없다고 신이 말했을 텐데. 그렇다면 이동하지 않는 시간을 유용하게 이용해야지."

"이게 어디가 유용하다는 거야, 어디가?"

"적어도 내게는 유용한 시간이다. 이렇게 마음 편히 이야기할 수 있다는 것도 포함해서 말이지."

리온은 왠지 모르게 쓸쓸하게 웃으며 몸가짐을 바로 했다.

"마음 편히…… 말이지. 리온에게도 그런 상대는 있을 거 아냐. 가들라스 씨와도 제법 편하게 이야기하는 것 같던데."

"가들라스는 내 검술 스승이니까 말이지. 다른 사람보다 편하긴 하다. 하지만 역시 어딘지 모르게 왕족에 대한 벽 같은 게 있거든. 그런 면에서 신은 정말로 날 편하게 대하지."

"그건 결국 무례하다는 소리 아닐까?"

"계속 예의 바른 사람들만 대하다 보면 그런 상대와도 이야기를 하고 싶어지는 법이지. 익숙하긴 하지만 내 성격에는 안 맞는다."

리온이 자주 거리에 나갈 때에도 자유분방한 모험가들조차 그녀에게는 예의를 차린다고 한다. 그녀가 백성들 사이에서도 이미 유명해진 탓이었다.

"가족은 어떤데? 아아, 말하고 싶지 않으면 말 안 해도 돼.

갈등이나 불화가 있는 가정도 많으니까."

"별로 숨길 생각은 없다. 글쎄, 우리 가족의 단란함은……
이미 사라진 지 오래됐군. 사이가 나쁜 건 아니지만, 어쩌면
그래서 대신할 사람을 찾고 있는지도 모르겠다."

"왕족은 그런 건가. 뭐, 이야기 상대 정도는 되어줄 수 있
어. ─이봐, 왜 또 들러붙는데?"

"공주도 누군가에게 기대고 싶어질 때가 있다. 이야기를 들
어주는 김에 조금은 어리광을 받아줘도 되는 것 아닌가?"

신은 리온이 자신을 놀리는 게 아닌가 했지만, 그녀는 신의
팔을 끌어안는 것 이상의 행동은 하지 않았다.

"성내의 사람들에게는 보여줄 수 없겠군."

"주위에는 아무도 없다. 싸움터 이외의 장소에서 감시가 붙
지 않는 건 오랜만인데."

"정말이지, 이 녀석은……. 지금만이야."

신은 한숨을 쉬며 자유로운 팔로 모닥불에 나뭇가지를 던
졌다.

떼어내려고 마음만 먹으면 얼마든지 할 수 있었다. 하지만
가족들이 화목하지 않다는 말을 듣자 그럴 마음이 사라졌다.

신에게 가족은 무척 소중한 존재였다.

데스 게임 전의 이야기지만 그의 부모님은 건강했고 형과
여동생과도 사이가 좋았다. 항상 떠들썩하고 즐거운 집안이
었다. 그런 곳에서 살아온 신은 리온의 처지가 딱하게 느껴질

수밖에 없었다.

신은 자신에게 몸을 기대는 리온의 평온한 얼굴을 조금 더 보고 싶어졌다.

그리고 항상 감시받고 있다는 리온의 말도 마음에 걸렸다.

지금 정도는 마음 편하게 쉴 수 있는 시간을 주어도 괜찮지 않나 싶었다.

"신은 따뜻하군."

"추워서 그래?"

"그런 뜻이 아니다."

신은 자신도 알고 있다고 마음속으로 중얼거리면서 나뭇가지를 한 번 더 불에 던져 넣었다.

파직 하고 나뭇가지가 타오르는 소리가 들렸다. 신도 이런 상황에서 말의 의미를 착각할 만큼 둔감하진 않았다.

이것이 리온의 진짜 모습인지 신은 판단할 수 없었다. 평소의 용감한 공주님은 대체 어디로 사라진 것일까.

"이제 슬슬 자자. 내일도 쭉 달려야 해. 피로를 남기지 마."

"으음, 어쩔 수 없군. 다음 기회를 기다리기로 할까."

"그런 생각은 『범람』부터 막아낸 다음에 하라고."

신은 그가 꺼내준 망토로 몸을 감싸는 리온에게 형식뿐인 충고를 했다.

리온도 당연히 알고 있을 것이다. 이러니저러니 해도 몸을 확실히 쉬게 하고 있었다.

성지로의 순간이동, 몬스터에게 당한 패배, 『범람』에 대한 초조함. 그런 여러 가지 요소들이 뒤섞이며 방금 전 같은 태도가 나타난 걸 거라고 신은 생각했다.

달 없는 밤의 어둠은 깊었다.

등 뒤에서는 몬스터 무리가 밀려오고 있다.

신이 지금 의지할 수 있는 건 자기 자신과 동행자, 그리고 작은 모닥불뿐이었다.

아무리 힘이 강하더라도 정신적으로 기댈 구석은 필요한 법이라고 신은 생각했다.

왜냐하면 그 역시 비슷한 경험이 있었기 때문이다.

신과 리온이, 슈니와 티에라가, 유즈하와 카게로우가 바르멜을 향했다.

1000마리가 넘는 몬스터 대군은 조금씩 가까워지고 있었다.

다가오는 위협에 맞서기 위해, 일행은 바르멜에서 합류했다.

THE NEW GATE

이름 : **슈니 라이자**
성별 : 여성
종족 : 하이 엘프

메인 직업 : 쿠노이치
서브 직업 : 정령술사
모험가 랭크 : 없음
소속 길드 : 육천

●능력치

LV: 255
HP: 8767
MP: 9223
STR: 807
VIT: 801
DEX: 855
AGI: 858
INT: 803
LUC: 89

●전투용 장비

머리 비스트 변신 세트(종족 변경)
몸 유리영사(瑠璃靈糸)의 롱재킷【VIT 보너스
(강), AGI 보너스(강)】
팔 없음
다리 흑사수(黑死獸)의 롱부츠【AGI 보너스(특)】
액세서리 신화의 귀걸이
무기1 유리염【물 속성 부여, 물 속성 위력 증가, VIT
보너스(강), 연속 공격 보너스】
무기2 비염【화염 속성 부여, 화염 속성 위력 증가,
STR 보너스(강), 연속공격 보너스】

●칭호

●마검의 주인
●마법의 정점
●백월(白月)의 가호
●정령의 축복
●데몬을 사냥하는 자
etc

●스킬

●블루 · 저지
●에코 · 봄
●단두섬(斷頭閃)
●빙월인(氷月刃)
●섬공교차(閃空交差)
etc

기타

●달의 사당 점장 대리
●신의 서포트 캐릭터 No.1

※ 보너스 상승치 미〈약〈중〈강〈특

이름 : **티에라 루센트**

성별 : 여성

종족 : 엘프

메인 직업 : 연금술사

서브 직업 : 조련사

모험가 랭크 : G

소속 길드 : 없음

● **능력치**

LV: 157

HP: 2490

MP: 3311

STR: 168

VIT: 143

DEX: 201

AGI: 234

INT: 249

LUC: 61

● **전투용 장비**

머리 비스트 변신 세트(종족 변경)

몸   비취 염색 재킷【VIT 보너스(약)】

팔   은강(銀鋼) 가슴받이【VIT 보너스(미)】

다리 질주의 롱부츠【STR 보너스(미)】

액세서리 백휘석 귀걸이(운 상승)

무기 영수(靈樹)의 강궁【엘프 사용 시 위력 10%
      상승, STR 보너스(약), MP 자동 회복(약)】

● **칭호**

● 견습 마도사

● 신수(神獸)의 벗

● **스킬**

● 애널라이즈

기타

● 달의 사당 점원

● 『애널라이즈』 스킬 보유자

● 『저주의 칭호』 전 보유자

이름 : **카게로우**

성별 : 수컷

종족 : 그루파지오 · 야데

● **능력치**

LV: 751

HP: ????

MP: ????

STR: 850

VIT: 711

DEX: 789

AGI: 901

INT: 666

LUC: 64

● **전투용 장비**

없음

● **칭호**

● 창뢰(蒼雷)의 영랑
  (影狼)

● 숲사람의 벗

● 밀림의 암살자

● **스킬**

● 창뢰

● 라이트닝 · 뱅커

● 새도 · 다이브

● 츠바이트 · 크로우

etc

기타

● 특수 개체

이름 : **마그눔크**
종족 : 데몬
등급 : 백작

●**능력치**

LV: 423
HP: 5882
MP: 4412
STR: 511
VIT: 402
DEX: 468
AGI: 337
INT: 329
LUC: 21

●**전투용 장비**

없음

●**칭호**

●백작급 데몬

●**스킬**

●물결치는 왼팔
●도려내는 오른팔
●침식의 노래

기타

●네임드

이름 : **경계의 수호자**
종족 : 그리폰
등급 : 없음

●**능력치**

LV: 903
HP: ????
MP: ????
STR: 890
VIT: 944
DEX: 821
AGI: 745
INT: 837
LUC: 0

●**전투용 장비**

없음

●**칭호**

없음

●**스킬**

●화이트 · 브레스
●화이트 · 드롭
●화이트 · 암즈
etc

기타

●규격 외 몬스터

더 뉴 게이트 4

초판 1쇄   2018년 7월 27일

지은이   카자나미 시노기
옮긴이   김진환

펴낸이   설응도
펴낸곳   라의눈

출판등록   2014년 1월 13일(제2014-000011호)
주소   서울시 서초구 서초중앙로29길 26 (반포동) 낙강빌딩 2층
전화번호   02-466-1283
팩스번호   02-466-1301
e-mail   편집 editor@eyeofra.co.kr 마케팅 marketing@eyeofra.co.kr
       경영지원 management@eyeofra.co.kr

ISBN   979-11-963499-4-3 04830
       979-11-963499-0-5 04830(set)

THE NEW GATE volume4
ⓒ SHINOGI KAZANAMI 2015
Character Design: MAKAI NO JUMIN
Original Design Work: ansyyqdesign
Originally published in Japan in 2015 AlphaPolis Co., LTD., Tokyo.
Korean translation rights arranged with AlphaPolis Co., LTD., Tokyo,
through Tuttle-Mori Agency, Inc, Tokyo and AMO Agency, Seoul.
Korean edition copyright ⓒ 2018 by Eye of Ra Publishing Co.,Ltd

THE NEW GATE

THE NEW GATE